바다에서 온 편지

바다에서 온 편지
(찰스 디킨스와 윌키 콜린스의 협업 추리소설)

초판 1쇄 인쇄 2024년 07월 20일
초판 1쇄 발행 2024년 07월 30일

지 은 이 찰스 디킨스, 윌키 콜린스 외
옮 긴 이 홍수연, 이현숙
펴 낸 이 권기남
펴 낸 곳 B612북스

주   소 경기 양주시 백석읍 양주산성로 838-71, 107-602
전화번호 031)879-7831   **팩 스** 031)879-7832

E-mail b612books@naver.com
홈페이지 blog.naver.com/b612books
출판등록 2012년 3월 30일(제2012-000069호)

ISBN 978-89-98427-42-9(03840)

바다에서 온 편지

A Message from the Sea

찰스 디킨스 · 윌키 콜린스 외 저
홍수연 · 이현숙 옮김

B612 북스

역자소개

홍수연
이화여자대학교 통번역대학원을 졸업하고 현재 전문 번역가로 활동하고 있다. 역서로는 『폴매카트니 전기』, 『홀리데이 로맨스』가 있다.

이현숙
호주 맥쿼리대학교에서 석사과정으로 International Communication을 전공하였으며 영어잡지와 출판사에서 편집자로 근무했다. 현재 대학에서 강의하며 전문번역가로 활동 중이다. 주요역서로는 『자유론』, 『판도라는 죄가 없다: 우리가 오해한 신화 속 여성들을 다시 만나는 순간』, 『노엘의 다이어리』, 『라이프 인 모션(출간예정)』, 『머그비 교차로』등이 있다.

차례

제1장

마을

"게다가 단연 돋보이는 아름다운 곳이로다! 여태껏 살아오면서 이런 풍광을 또 보았나 싶구나!" 조르간 선장이 그곳을 올려다보며 말했다.

　조르간 선장이 풍경을 감상하려고 올려다보아야만 했던 이유는 마을이 가파르게 치솟은 절벽 측면에 수직으로 조성된 탓이었다. 마을에는 길도 나 있지 않았고, 바퀴 달린 이동 수단도 없었고, 평평한 뜰 하나 보이지 않았다. 바닷가 해안에서 절벽 꼭대기까지 서로 마주 보며 두 줄로 늘어선 하얀 집들은 이리저리 꼬여서 마치 휘어진 디딤대들이 쭉 연결된 사다리 양측면의 막대처럼 뻗은 듯했고, 마을을 올라가거나 내려오려면 폭이 6피트가량 되고 이런저런 모양의 뾰족한 돌들로 이루어진 이런 디딤대를 통해 이동해야 했다. 영국 대부분 지역에서 소싯적에나 달고 다니던 것으로 벌써 오래전에 한쪽으로 치워 둔 짐 싣는 안장이 여기에서는 여전히 잘 사용되고 있었다. 짐을 실어 나르는 말과 짐을 실어 나르는 당나귀들이 열을 지어 저마다 부두에 정박한 출렁이는 마을 보트의 선단과 두세 척의 작은 무역선에서 내린 생선과 석탄을 비롯한 여러 뱃짐을 등에 싣고 이 돌 디딤대를 느릿느릿 힘겹게 오르고 있었다. 짐을 나르는 짐승들이 힘겹게 올라가거나 가볍게 내려올 때 마을 굴뚝에서 뿜어낸 떠다니는 연기구름 속에서 간격을 두고 사라졌다가 나타나는 그들의 모습이 마치 그들이 굴뚝으로 다이빙했다가 더 높고 더 먼 바다 수면 위로 다시 솟구쳐 오르는 듯했다. 마을의 집들은 굴뚝의 모양, 집의 크기나 형태, 문, 창문, 박공널, 지붕의 나무 등 어느 하나 다르면 달랐지 똑같이 생긴 집은 찾을 수 없었다. 사다리의 양 측면은 맑고 눈부시게 흐르는 물소리로 음악을 이루었다. 사다리의 디딤대도 짐을 나르는 말과 짐을 나르는 당나귀들이 내는 달그락거리는 소리, 어부들이 어서 올라가라고 재촉하는 소리, 어부의 아내와 아이들이 내는 소리로 음악을 이루었다. 부두도 물이 밀려오는 소리, 캡스턴[1]과 윈치[2]가 삐걱거리는 소리, 작은 바람개비와 돛이 가볍게 펄

---

1 배에서 닻 등의 무거운 것을 들어 올릴 때 쓰는 밧줄을 감는 실린더.

2 무거운 것을 들어 올리는 장치.

럭이는 소리로 음악을 이루었다. 부두를 이루고 있는, 거칠고 바닷물에 색이 바랜 큰 돌덩어리들과 해안가의 그보다 하얀 돌덩어리들은 저마다 말리고 있는 그물들로 암갈색을 띠고 있었다. 맨 꼭대기까지 나무가 빽빽이 들어선 적갈색 절벽은 11월 어느 날 데번주 북부에 펼쳐진 구름 한 점 없는 맑은 하늘 아래에서 부드럽고 아름다운 그 모습이 가장 짙푸른 바다에 반사되어 장관이었다. 부둣가에 늘어선 집들부터 사다리 맨 꼭대기 분지에 이르기까지 마을 전체가 가을 단풍에 푹 물 들어서 누군가는 마을은 온데간데없고 새들만 둥지를 틀고 있다고, 환상적인 넝쿨식물이라고 (실제로 그렇듯) 상상할지도 모른다. 새 이야기가 나왔으니 말인데, 그곳은 새들의 노랫소리가 울려 퍼지지 않는 데가 없었다. 떼까마귀는 높디높은 곳에서 분주히 날아다니고, 갈매기는 날개를 퍼덕거리며 만에서 물고기를 잡고, 기운찬 작은 개똥지빠귀는 '숲속의 아이들'[3]에게 베푼 자기 조상들의 신념을 이어가며 두려움도 모르고 큰 돌기둥과 방파제 쇠고리 사이를 팔짝팔짝 뛰어다닌다.

그리하여 균형을 잡으며 방파제에 앉아 있던 조르간 선장은 어떤 사람들이 기분이 좋아지면 그러듯—그리고 그가 기분이

---

3 『숲속의 아이들』이라는 영국 동화. 어린 남매가 숲에 버려져 길을 헤매다가 죽자, 개똥지빠귀가 아이들의 주검을 나뭇잎으로 덮어주는 대목이 나온다.

좋을 때면 늘 그랬듯―손바닥으로 자신의 다리를 찰싹 치며 말했다.

"단연 돋보이는 아름다운 마을이로다. 여태껏 살아오면서 이런 풍광을 또 보았나 싶구나!"

조르간 선장은 그 마을을 통과하지 않고 타고난 천성의 관점에서 사전에 마을을 한 번 쓱 둘러볼 심산으로 구불구불한 갓길을 따라 부두로 내려왔다. 그는 여러 장소를 돌며 많은 것을 관찰했고, 예리한 이해와 왕성한 기억에 힘입어 그 모든 것을 지식 창고에 차곡차곡 쌓아두었다. 미국 태생―전형적인 뉴잉글랜드인―의 조르간 선장이지만, 그는 세계의 시민이자 세계 최고의 나라들의 최고의 국민성만 종합해 놓은 인물이었다.

치렁치렁한 푸른색 코트와 푸른색 바지를 입은 조르간 선장이 목소리가 들릴만한 거리에 있는 사람들과 말을 주고받지 않고 어디든 그저 앉아만 있는 것은 절대 있을 수 없는 일이었다. 그래서 선장은 어부에게 어업, 조류, 해류, 저기 저 지점의 물살 등 익히 알만한 질문에서 시작해 눈여겨보고 있는 것이 무엇인지, 이 작은 항구에 뛰어들었을 때 다른 어떤 대열에 합류하려 했는지 등을 비롯한 그 밖의 항해와 관련한 심오한 질문을 던지며 대화를 이어 나갔다. 이렇듯 대화를 주고받던 사람들 중에 선장의 마음을 단번에 사로잡는 이가 있었으니, 그는 직접 만든 거친 어부 옷을 걸치고 눌러쓴 사우스웨스터[4] 모자 아래로 구릿빛 얼굴과 검은 곱슬머리, 밝고 수수한 눈매가 드러난 스물두세 살 정도 되는 젊은 어부로 솔직하면서도 소박하고 내성적인 태도를 보여 보기 드문 청년이라는 인상을 남긴 자였다. "자네 아버지가 정직한 사람이라는 데 내 천 달러를 걸지!"라고 선장이 혼잣말했다.

"결혼은 했으려나?" 새로 안면을 튼 이 젊은이와 이런저런 얘기를 나누던 끝에 선장이 물었다.

"아직입니다."

"장차 할 텐가?" 선장이 물었다.

"그러길 바라죠."

선장은 예리한 눈으로 미세한 움직임도 놓치지 않고 젊은이의 짙은 눈동자가 어디로 향하는지, 그의 사우스웨스터 모자가 어느 쪽으로 기우는지 좇았다. 그러고는 자신의 양다리를 찰싹 때리고 혼잣말했다.

"내 살아생전 저리 좋은 장면은 여태 보지 못했구나! 아리따운 애인이 담벼락을 넘어보고 있었어!"

무척 예쁜 소녀가 넝쿨과 푸크시아[5]가 가득한 오두막의 작은 화단에서 담벼락을 넘어보고 있었고, 소녀의 눈에는 바다를 배

---

4 방수모로, 뒤 차양이 넓은 선원들의 모자.

5 쌍떡잎식물 도금양목 바늘꽃과의 소관목.

경으로 서 있는 이 젊은 어부의 존재가 무엇보다 빛나고 희망차 보이는 듯했다.

다른 사람들의 순수한 행복에 기뻐 어쩔 줄 몰라 하는 따뜻하고 온화한 성품을 지니고 입가에 번지는 웃음을 참느라 몸을 숙인 조르간 선장은 역시 자기 생각이 그르지 않았다고 확신했다. 그러다가 돌사다리 아래로 한 남자가 내려오는 것을 보고는 "톰 페티퍼, 호!"하고 소리쳐 부르며 그 새로운 대상에게로 눈길을 돌렸다. 서둘러 대답한 톰 페티퍼 호가 지름길을 따라 부두까지 잽싸게 내려왔다.

"자네 지금 11월 영국에서 일사병에 걸릴까 봐 밖으로는 이목을 있는 대로 끌고 안으로는 종이까지 덧댄 밀짚모자를 쓰고 있는 건가?" 선장이 모자를 쳐다보며 말했다.

"아무래도 조심하는 편이 좋겠지요, 선장님." 톰이 대답했다.

"조심하는 편이라고!" 선장이 웃으며 말을 반복했다. "자네는 이런 차디찬 냉골에서 그 낡은 모자로 일사병을 막겠다는 게로군. 거참! 우체국에서 뭘 좀 알아냈나?"

"우체국이더라고요, 선장님."

"우체국이 뭐 어쨌다는 거야?" 선장이 말했다.

"이름 말입니다. 우체국이라는 이름을 그대로 쓰더라고요."

"기가 막히는군!" 선장이 말했다. "그래, 좋아! 그게 어디 붙었는지나 좀 알려주게. 뱃사공들, 내가 없는 동안 잘들 있게. 떠나기 전에 오늘 오후에 들를 테니, 또 보자고."

선장이 거기 있던 모두에게, 특히 젊은 어부에게 한 인사였다. 그래서 거기 있던 모두는, 특히 젊은이는 그렇게 하겠다고 했다. "뱃사람이구먼!" 멀어져가는 선장을 눈으로 좇으며 누군가가 다른 이에게 말했다. 그는 그랬다. 걸친 옷 역시 푸른색이라는 것을 제외하면 전혀 뱃사람 옷 같지 않았고, 바닷바람이나 쐬러 나온 사람의 옷처럼 소매는 너무 길고 바지 기장은 너무 짧아서 어디에도 어울리기 쉽지 않았고, 땅끝에 닿는 웰링턴 부츠에다 머리 꼭대기에는 창공에서 불어오는 바닷바람을 맞으면서는 누구도 쓸 수 없을 법한 길쭉하고 뻣뻣한 모자가 얹혀 있었지만, 그에게는 내재한 선원다운 모습이 자연스레 밖으로 표출되었다. 그래서 사람들은 모진 풍파를 겪어 지혜로워 보이는 얼굴이나 억센 구릿빛 손을 얼핏 보는 것만으로도 그를 선장이 천직인 사람이라고 단정했을 것이다. 반면 포동포동하고 깔끔한 남자 페티퍼 씨는 곱슬곱슬한 콧수염, 재킷, 신발 등 모든 것이 딱 보기에도 선원 차림이었지만, 조르간 선장 옆에 있으면 뱃사람이라기보다는 거대한 바다뱀처럼 보였다.

둘은 한 쪽 눈으로는 데번주 그 지역의 지리적 형태를 현미경 들여다보듯 살피고, 한 쪽 눈으로는 탁 트인 바다를 망원경 보듯 관망하며 마을의 높은 곳—그곳은 마을에서도 가장 제멋대로 꺾이고 구불구불한 곳이라 사다리를 가로지른 막다른 곳에 돌연 구두장이의 집이 나오는데, 조금이라도 합리적인 경로를 취하고자 한다면 그의 집을 지나칠 수밖에 없는 것은 물론이거니와 구두장이가 작은 두 창문 사이에 앉아 일하는 동안 그를 지나치지 않고는 갈 수 없는 그런 곳—으로 올라갔다. 오르고 또 오르던 둘은 '레이브록 드레이퍼 부인'과 '우체국'이라는 글씨가 페인트로 적힌 예스러운 작은 집 앞에서 발걸음을 멈추었다. 집 앞으로 웅얼거리는 물이 개천을 이루고 있어서 그쪽으로 가려면 작은 널빤지 다리를 건너야 했다.

"여기 이름이 있군." 조르간 선장이 말했다. "확실해. 자네도 들어오고 싶으면 그렇게 하게. 톰."

선장은 문을 열고, 천정에는 각종 들보와 도리가 있는, 높이가 약 6피트 정도 되는 이상한 작은 가게로 들어갔다. 그리고 그는 돌사다리 쪽으로 난 커다란 창문 말고 어두침침한 작은 단창을 통해 햇살이 넘실대는 바다에 인접한 길모퉁이를 슬쩍 보다가 눈이 부셔서 눈을 찡긋 감았다.

"처음 뵙겠습니다, 부인." 선장이 말했다. "이렇게 만나게 되어 정말 기쁩니다. 부인을 보려고 먼 길을 왔습니다."

"그렇군요? 그렇다면 나도 무척 기뻐야 할 텐데, 댁이 아담의 후손이라는 것 말고는 아는 바가 없군요."

그러면서 키가 작고, 포동포동하고, 검은 눈이 반짝이고, 흠잡을 데 없이 깨끗하고 단정한 곱게 나이 든 부인은 흠잡을 데

없이 깨끗하고 깔끔하게 정돈된 집 한가운데 서서 호기심 어린 미소를 지으며 조르간 선장을 찬찬히 뜯어보았다. "음! 모르긴 해도 댁은 선원일 테지요." 부인이 말했다. 부인은 그와 거의 동시에 손을 슬쩍 움직였는데, 양손을 초조하게 비트는 동작과 다름없었다. "그렇다면 진심으로 환영합니다."

"고맙습니다, 부인." 선장이 말했다. "나는 선원이라는 게 뭔지 모릅니다. 확실히 내게 짠 내가 나나 봅니다. 하지만 모두 내 모자 꼭지와 외투 깃만 보고도 선원이라고 짐작하니 말입니다. 그렇습니다, 부인. 난 그런 생을 살아온 사람입니다."

"그리고 다른 신사분도 그럴 테지요." 레이브록 부인이 말했다.

"글쎄요, 부인." 선장이 다른 신사를 재빨리 훑어보며 말했다. "뭐 거의 그렇습니다. 배를 타긴 합니다. 그것만으로 선원이 될 수 있다면. 이 사람은 내 사환, 톰 페티퍼입니다. 한동안 톰의 손을 거치지 않은 물건─부인이 의자와 식탁을 모두 팔고 싶다면, 예전 같으면 톰이 뭐든 바로 사 갔을 겁니다─이 없을 정도였습니다. 하지만 이제는 내 사환입니다. 내 이름은 조르간이고 배 주인이며 내 배와 동료의 배를 몰며 25년을 뱃사람으로 살아왔습니다. 관례상 조르간 선장이라고들 하지만 난 부인과 마찬가지로, 거참, 선장이 아닙니다."

"응접실로 자리를 옮겨 얘기를 나누는 게 어떨까요?" 레이브록 부인이 말했다.

"안 그래도 부탁하려던 참이었습니다, 부인. 먼저 가시죠."

이렇게 대답하고 톰에게 가게를 둘러보라고 한 조르간 선장은 레이브록 부인을 따라 아담하고 나지막한 뒷방으로 들어갔다. 뒷방은 갖가지 식물이 심어진 화분, 차 받침, 낡은 자기 찻주전자와 펀치볼로 장식되어 있었는데, 한때 레이브록 일가의 거실과 스티프웨이스 마을 우체국 진열대에 놓여 있던 것들이었다.

"자, 부인, 내가 태어난 곳이 부인에게는 한 푼어치도 중요하지 않겠지만, 그래도…." 하지만 이때 방으로 들어선 어떤 이의 그림자가 선장의 얼굴에 드리워지자, 그가 갑자기 말을 멈추고 몸을 굽히더니 양다리를 찰싹 때리며 별안간 소리쳤다. "내평생 이런 우연을 봤나! 자네 여긴 어쩐 일인가! 어찌 된 일인지 말해보게."

조르간 선장이 말하고 있는 상대는 부두에서 뚜렷한 이유 없이 그의 마음을 사로잡았던 젊은이였다. 이 모두를 완벽하게 완성하기 위해 그 젊은이는 선장이 담벼락을 넘어보던 것을 목격한 그 아리따운 아가씨와 함께 들어왔다. 이처럼 눈부신 날 반짝이는 햇살에 이보다 더 돋보이는 아가씨가 또 있을까. 그녀가 놀라서 장밋빛 입술을 벌리고, 같은 이유로 갈색 눈도 평소보다 살짝 크게 뜨고, 오르막을 오르느라 호흡이 다소 가쁜 상태로 선장 앞에 서자 (어쩌면 응접실 문에서 저도 모르게 서두르고 당황해서 사우스웨스터 모자에 급히 얼굴을 숨겼는데, 그 장면을 선장이 보고 있었기에) 그 모습이 너무 매력적으로 보였던 그는 어쩔 수 없는 의무감에 떠밀려 다시 자신의 양다리를 때리지 않을 수 없었다. 그녀는 가슴에 가을꽃 한 송이 외에는 아무런 장식도 없는 수수한 원피스를 입고 있었다. 또한 그녀는 모자도 보닛도 없이 다만 햇볕을 가리기 위해 머리 위에, 뒤집어서 정사각형으로 접은, 스카프인지 손수건인지를 쓰고 있었다. 이탈리아는 물론이고 영국의 온화한 지역에서 가끔 볼 수 있는 패션에 따르면, 이것은 풀과 나뭇잎이 다 떨어졌을 때 세상에 등장한 첫 번째 두건 패션이 아닐까 싶다.

"우리나라에서는," 선장이 자신이 앉던 의자를 그녀에게 건네주기 위해 일어서서는 그 의자를 젊은 어부가 앉으려는 게 분명한 의자 가까운 쪽으로 능숙하게 밀며 말했다. "우리나라에서는 데번주의 미인을 최고로 칩니다!"

솔직한 태도가 가끔 불쾌한 이유는 애써 짜내거나 가장하기 때문이다. 점잔 빼는 태도 못지않게 솔직한 태도에도 참아내기 어려운 가식이 이면에 도사리고 있을 수 있다. 하지만 선장의 모든 언행은 천성이 그렇듯 정직했고, 그는 마음에서 우러나는 선하고 열린 태도를 견지했다. 그래서 그가 이런 작은 칭찬을 하고 뭐든 알고 있는 듯한 반짝이는 두 눈으로 "막상 이렇게 보니 이보다 더 아름다운 미인이 또 있을까 싶구나!"라고 말하자, 가족들은 그 주제에 관한 한 선장의 말을 믿을 수밖에 없었다.

"훌륭한 자네 어머니에게 지금 말하던 중이었네." 자신의 이름과 직업을 다시 한번 소개한 후 선장이 젊은이에게 말했다. "나는 자네 어머니에게 (자넨 참 어머니를 닮았구먼!) 내가 어디에서 태어났는지는 중요하지 않다고 말하던 중이었어. 내가 질문해대기 땅에서 자란 게 아니라면 말이야. 그곳에서는 아기들이 세상에 나오자마자 엄마에게 '응애, 엄마 몇 살이야? 내 이름 뭐로 지을 꼬야?'라고 묻는다네. 정말이야." 이때 그가 자신의 다리를 찰싹 쳤다. "그런 까닭에 자네에게 실례되는 질문일 수 있지만, 혹 이름이 알프레드인가?"

"예. 알프레드입니다." 젊은이가 대꾸했다.

"난 점쟁이가 아니네." 선장이 계속 말을 이어갔다. "그러니 나를 그리 보지 말게. 내 자네를 혹하려는 게 아니라는 걸 곧 알게 될 테니까. 마찬가지로 부탁인데, 내가 그 아기들의 나라에서 왔다고 해도 말이야, 내가 그저 질문이나 해대려고 질문한다고는 생각하지 말게. 그런 게 아니니까. 지인 중에 바다로 간 사람이 있나?"

"형 휴가 있습니다." 젊은이가 대답했다. 톤을 바꿔 낮은 목소리로 말한 그가 자신의 어머니를 힐끗 보았는데, 급히 손을 들어 올린 그녀는 검은색 가운을 가로지른 곳에 두 손을 모아

붙이고 간절하게 방문객을 바라보았다.

"아닙니다! 세상에, 그런 생각일랑 마세요!" 선장이 엄숙하게 말했다. "그에 관한 좋은 소식을 가지고 온 건 아닙니다."

잠시 침묵이 흘렀고, 화롯불 쪽으로 얼굴을 돌린 알프레드의 어머니는 자신의 손을 화롯불과 자신의 눈 사이에 두었다. 젊은 어부는 창문 쪽으로 몸을 살짝 돌렸고, 같은 방향으로 고개를 돌린 선장은 작은 정원 건너편 이웃한 창문에서 품 안의 아기를 재우며 바느질하고 앉아 있는 젊은 미망인을 보았다. 침묵이 이어지던 중 마침내 선장이 알프레드에게 물었다.

"그 일이 있은 지 얼마나 되었나?"

"형이 마지막 항해를 한 지는 3년도 넘었습니다."

"내가 보기에는 배가 암초나 바위에 부딪힌 듯한데, 선원 모두를 잃었나?"

"예."

"거참!" 선장이 잠시 입을 다물었다가 말문을 열었다. "마침, 내가 여기 앉아 있군. 아마 나도 같은 종말을 맞게 될지도 모를 일. 하나님은 손바닥으로도 바닷물을 담아내지.[6] 하지만 우

---

6 이사야 40:12 "누가 손바닥으로 바닷물을 헤아렸으며 뼘으로 하늘을 쟀으며 땅의 티끌을 되에 담아 보았으며 접시저울로 산들을, 막대 저울로 언덕들을 달아 보았으랴."

리 인간은 모두 어딘가에 부딪히고 가라앉을 수밖에 없어. 우리 자신과 서로에게 조금이나마 위안이 되는 사실은 우리가 맡은바 의무를 다했다는 거야. 자네 형도 틀림없이 제 몫을 다했을 걸세!"

"맞습니다!" 젊은 어부가 대답했다. "어떤 상황에서도 신의를 지키고 의무를 다하고자 애쓴 사람이 있다면 그건 바로 형일 겁니다. 형은 빠릿빠릿한 사람은 아니었지만 (어딜 보나 아니었습니다) 믿음직하고, 진실하고, 공정한 사람이었습니다. 우리는 이 나라에서 그저 소상인의 아들에 불과했지만, 아버지는 왕이라도 된 듯 좋은 이름에 누가 안 되고자 늘 성찰했습니다."

"귀하게 살피다 보면 더욱 귀해지는 법. 그런 계층의 전반적인 성향을 가슴에 새기며 귀하게 살피기를 바랄 뿐이네." 선장이 말했다. "그래, 하던 말 마저 하게."

"형은 아버지가 우리에게 좋은 이름을 남겼다고 생각했습니다. 갈고 닦아 대대손손 이어 나갈 그런 이름을."

"자네 형 생각이 옳아." 선장이 말했다. "그리고 자네는 그보다 값진 유산을 이어갈 수는 없을 거야. 그래, 하던 말 마저 하게."

"아닙니다. 더는 할 말이 없습니다. 우리는 형이 좋은 이름에 걸맞게 훌륭한 삶을 살았고, 보나 마나 좋은 이름에 걸맞게 훌륭한 죽음을 맞았으리라 확신합니다. 그리고 이제는 제가 지킬 차례지요. 그게 전부입니다."

"말 한번 잘하는구먼!" 선장이 말했다. "참 좋은 말이야, 젊은이! 자네 형의 죽음의 방식에 관해 말인데." 선장이 이때 악수하던 손을 풀고 자신의 큼직한 구릿빛 손을 무릎에 펼치고 앉아 말을 이어갔다. "자네 형의 죽음의 방식에 관해 말인데, 내 자네에게 줄 정보가 있을지도 몰라. 나도 전적으로 확신할 수 없어서 반드시 있다고 말하기는 어렵지만. 우리끼리 잠시 얘기 좀 나눌 수 있겠나?"

젊은이가 일어났다. 하지만 선장의 재빠른 눈은 아리따운 어부의 애인이 창문 쪽으로 몸을 돌려 젊은 미망인에게 고개를 한 번 끄덕이고 손을 흔들며 인사하자 젊은 미망인이 차분하고 온화한 미소를 지으며 만들고 있던 바느질감을 들어 올린 것을 알아차렸다. 이에 선장이 일어나며 물었다.

"지금 뭘 만드는 것 같은가?"

"키티, 마거릿이 만들고 있는 게 뭐지?" 젊은 어부는 한쪽 팔을 어디에 둬야 할지 몰라 머뭇거리며 물었다.

키티가 대답 대신 그저 양 볼만 붉히자, 선장은 웃음을 참느라 최대한 몸을 굽혔다가 다시 바로 서서 다리를 한 번 찰싹 때리고는 말했다.

"우리나라에서는 그걸 혼례복이라고 하지. 정말이야! 우리나라에선 그래. 내 장담하네."

하지만 그것은 선장에게도 또 다른 일깨움을 준 듯했다. 오래되지 않아 웃음을 멈춘 선장이 꽤 부드러운 어조로 이렇게 덧붙였기 때문이다.

"그나저나 마음 씀씀이가 참, 고와. 아버지 없는 아이를 가슴에 품은 어린 친구가 정말 가엾어. 자네 집안과 자네 행복을 위해 자신의 슬픔일랑 묻어두었으니. 정말 곱고 사려 깊어. 부디 자네들 결혼이 그녀의 결혼보다 풍요롭고, 또 그녀에게도 위안이 되기를 바라네. 내가 씨 뿌린 적 없는 거대한 소금밭을 일구는 여정을 모두 마치고 나서도 오래도록 은혜로운 태양이 좋은 이름을 소유한 그대들 모두를 부디 행복하게 비춰주기를 바랄 뿐이네!"

키티는 마음을 다해 "진심으로 감사합니다!"라고 대답했다. 그리고 그녀는 사랑스러운 자신만의 작은 방식으로 자신의 손에 입을 맞추고는 선장에게 날려 보냈고, 선장이 나갈 수 있게 젊은 어부가 응접실 문을 열고 붙잡고 있는 동안 그에게도 은밀히 날려 보냈을 성싶다.

제2장

돈

"계단이 매우 좁습니다." 알프레드 레이브룩이 조르간 선장에게 말했다.

　"항해할 때마다 난 늘 이런 선실 계단을 오르내리네." 선장이 말했다.

　"머리를 들기도 다소 불편할 겁니다."

　"세상을 그렇게 이리저리 돌아다니고도 내 머리가 여태껏 저하나 간수하지 못한다면야 내 굳이 돌봐줄 가치도 없지." 선장이 마치 자기 머리와는 아무 관련이 없다는 듯 무심하게 대답했다.

　이렇게 그들은 젊은 어부의 방으로 들어갔다. 비록 지붕의 모든 특징이 드러난 골상학[7]적 천장과 미닫이창이 있는 협소한

────────────

7　머리뼈 모양을 보고 그 사람의 성격이나 운명을 판단하는 학문.

공간에 불과했지만, 가게와 아래층 응접실과 마찬가지로 완벽하고 깔끔하게 정돈된 그런 방이었다. 여기에서 선장은 침대 발치에 앉아 벽에 장식된 초상화—배의 선수 장식을 보며 초상화 기법을 연구해 온 선장이 남몰래 존경하던 어떤 방랑 화공의 작품—에서 키티의 명예가 끔찍이 훼손된 것을 힐끔 보고는 젊은 어부에게 작은 원탁 저편에 있는 왕골 의자를 가져오라고 손짓했다. 어부가 그렇게 하자, 선장은 자신의 길고 치렁치렁한 푸른색 코트 가슴팍에 난 깊은 주머니에 손을 넣고 단단한 사각 병을 꺼냈다. 큰 병이 아니라 배에 비치된 일반적인 약상자에서 볼 수 있는 그런 병이었다. 식탁 위에 병을 올려놓고 손도 떼지 않은 채 조르간 선장이 다음과 같이 말했다.

"고향으로 향하던 내 마지막 항해에서," 선장이 말했다. "그 항해 길에 올라 여기까지 온 것이기도 한데, 아무튼 도중에 케이프 혼[8]을 지나다가 그곳에서조차 좀처럼 보기 힘든 그런 기상을 맞닥뜨렸네. 그런 폭풍우가 치는 곳을 꽤 자주 항해했지만, 악마의 뿔과 꼬리를 날려버린 폭풍우와 똑같은 비바람이 몰아치는 곳에서 항로를 바꾼 사람은 아마 내가 처음일 걸세. 그 폭풍이 날려버린 악마의 뿔은 내 조국 미국에서 플랜테이션 감독관의 이쑤시개가 되어 그가 (남부를 여행하거나 먼 서부를 가보

---

8 칠레, 남미 최남단의 곳.

면 털이 충분히 있는) 뿔로 이를 쑤시고 악마의 꼬리를 채찍 삼아 노예를 마구 때리는 장면을 보게 될지도 몰라. 남미에서 리버풀로 향하는 이 마지막 항해에서, 뭐라고 해야 할지, 젊은이, 정말 거센 폭풍이 몰아쳤네. 온갖 힘을 총동원한 폭풍이었지! 어중간하게, 건성건성 불었던 게 아니야. 그야말로 휘몰아쳤어! 폭풍에 실려 물을 벗어나 머나먼 하늘로 날아간 것까진 아니지만—그러리라 예상도 했지만—분명한 건 경로를 이탈했네. 그리고 마침내 잠잠해지더니 쥐 죽은 듯 고요해지더군. 그러고는 강한 해류가 밤낮으로 낮밤으로 한 방향으로만 흘렀어. 그러고는 나는 표류하고 또 표류하고 표류했지. 배가 갈 수 있는 모든 정상적인 항로를 모두 벗어나 표류하고 또 표류했어. 동료 선원들의 생사를 책임진 사람이 제 소임을 다 하지 않고 쉴 수는 없는 법. 나는 잠시도 쉬지 않았고, 그 결과 어떤 위험이 예상되고 이를 막기 위해서는 어떤 조처가 필요한지 (특히, 그런 강한 해류의 무풍지대에서는 측면을 눈여겨 살펴보니 알겠더군) 꽤 잘 알게 되었지. 간단히 말해 우리는 어떤 섬을 향해 곧장 나아갔네. 지도에는 섬이 표시되어 있지 않았으니, 버젓이 있는 그 섬에 너무 실례되는 게 아닌가 싶기도 하겠지. 그래, 무례하다는 데 반박하지는 않겠지만, 아무튼 거기 섬이 있었네. 정말 감사하게도 섬이 나를 맞을 준비를 하고 있었듯이 나도 섬에 다가설 준비가 되어 있었어. 돛대 꼭대기에서 나는 혼자 그걸 알아냈고, 섬과 거리를 유지하면서도 적시에 섬에 접근하는 좋은 길을 확보했지. 나는 선원들에게 보트를 내려 거기에 옮겨 타라고 명령했고, 섬을 탐색하려고 나도 같이 탔네. 섬 바깥쪽에는 암초가 있었고, 암초 안쪽 잔잔한 물웅덩이에 해초 더미가 있었고, 그 해초 더미에 이 병이 얽혀 있더군."

이때 선장이 잠시 병에서 손을 떼자, 젊은 어부는 궁금증이 생겨 저절로 병에 눈길이 갔는지도 모른다. 허리띠를 바로잡은 선장이 계속 말을 이어갔다.

"젊은이, 무인도에 가게 되면—꼭 가게 되지 않더라도—눈과 망원경을 잘 활용하게. 아무리 작은 것을 보게 되더라도 다 쓸모가 있을 테고, 그 안에 정보나 경고가 담겨 있을 수도 있으니 말이야. 바로 그렇게 잘 살펴보았기에 내가 이 병을 찾게 된 걸세. 나는 병을 집어 들고 섬 주변을 보트로 돌다가 보트에 탄 선원 몇 명과 함께 무장한 채로 빠르게 해안으로 갔지. 우리는 그 섬에 있는 초목의 작은 토막 하나까지 (모르긴 해도 가장 무성했을 때조차 나무들이 그리 많지 않고 볼품없는 작은 나무들 뿐이었을 거라는 게 내 생각이지만) 화마가 삼켜버린 것을 알았네. 미쳐 다 타지 않은 장작더미를 건너 힘겹게 조심조심 길을 찾아가던 중 선원 하나가 가슴 깊이의 땅 밑으로 꺼져버렸지 뭔가. 그가 창백해져서는 "아무나 나 좀 끌어내 줘. 발이 뼈들 사이에 끼었어"라고 하더군. 곧바로 그를 일으켜 세운 다음 그곳을 파본 우리는 그 선원 말이 옳다는 것을 알았네. 정말 발이 뼈들 사이에 끼어 있었어. 더 놀라운 건 그 뼈들이 사람 뼈였다는 거야. 비록 하소[9]와 재만으로는, 또 나의 부족한 해부학적 지식만으로는 한 사람 뼈인지 아니면 두 사람이나 세 사람 뼈인지 단언할 수는 없었지만, 분명 사람 뼈였네. 우리는 섬 전체를 조사했지만, 아무것도 알아내지 못했네. 정말 다행히도, 섬 반대쪽에 있는 광대한 땅덩어리를 보게 된 것 말고는 말이야. 난 그 땅이 어떤 땅인지 확인할 수 있었고, 방위각에 따라 (굳이 나의 항해일지로 자네를 괴롭히고 싶지는 않지만) 새로운 출발 길에 오를 수 있었네. 다시 승선한 나는 병을 열었고, 병은 보다시피 방수포로 봉해져 있었고, 보다시피 유리병 입구는 막혀 있었네. 그 안에서," 선장이 직접 하나하나 보여주며 말을 이어갔다. "지금 보고 있는 바로 이 구겨지고 접힌 종이를 발견했네. 보다시피 그 바깥에는 이런 말들이 적혀 있었네. '이것을 발견하는 누구라도 고인이 정중히 부탁하니, 내용을 읽지 말고 영국 북데번주 스티프웨이스에 사는 알프레드 레이브록에게 전해주시오.' 성스러운 임무지." 선장이 이야기를 마무리하며 이렇게 말했다. "알프레드 레이브록, 자 여기 있네!"

"이건 불쌍한 제 형의 필체예요!"

---

9 煅燒. 물질을 태워 재로 만드는 일.

"그럴 걸로 짐작했네. 다 읽는 동안 난 이 작은 창문으로 밖을 내다보고 있겠네."

"그러지 마세요! 마음이 아플 겁니다. 제 형은 그게 선장님 같은 분 손에 놓이게 될 거라고 짐작할 수도 없었을 겁니다."

선장은 침대 발치에 다시 앉았고, 젊은이는 떨리는 손으로 접힌 종이를 펴서 식탁 위에 올려놓았다. 글을 쓰기 전후로 구겨지고 찢긴 남루한 종이는 너덜너덜하고 얼룩이 진 데다 잉크가 옅어지고 퇴색해서 안 보이는 글자들이 많았다. 계속해서 다시 읽고 종이가 접힌 부분의 글자를 이리저리 짜맞춰 본 후에야 선장과 젊은 어부가 함께 알아낸 것이 다음 페이지에서 이야기할 내용이다.

그 글의 내용이 점차 명확하게 다가올수록 젊은 어부는 초조해졌다. 그는 이제 어깨너머로 글을 읽고 있는 선장 앞에 종이를 내려놓고 전에 앉았던 의자에 털썩 주저앉아 탁자 위로 몸을 기울이고는 양손에 얼굴을 묻었다.

"뭐 하는 건가!" 선장이 다그쳤다. "굴하지 말게! 고개를 들고 남자답게 행동해!"

"이기적이라는 건 저도 압니다. 하지만 뭘 해야 할지, 뭘 해야 할까요?" 젊은 어부가 절망에 빠져 소리치며 장화 신은 발로 바닥을 쿵쿵 내리쳤다.

"뭘 하다니?" 선장이 대꾸했다. "뭐라도 해야지! 내 저기 저 작은 방파제까지 내려가 소금물에 녹슨 쇠고리 하나라도 비틀 겠네. 아무것도 안 하느니보다 바로 가서 뿌리째 비틀어 뽑거나 안 되면 내 이라도 비틀어 뽑겠네. 아무것도 안 한다니!" 선장이 별안간 소리쳤다. "어리석고 소심한 마음을 가진 자만 가만 있겠지. 아무것도 안 하면 아무것도 얻을 수 없는 법―내 알기로 라틴 놈 중 하나[10]가 그 진리를 처음으로 깨달은 척하나 보던 데." 선장이 깊은 모멸감을 내비치며 말했다. "인류의 조상 아담이 짐승들 이름도 지어주는 마당에 그 전에 그것 하나 못 알아냈을까."

거친 말들을 내뱉긴 했지만, 선장은 젊은이가 그토록 괴로워하는 데는 자신이 미처 헤아리지 못한 다른 이유가 있다고 느꼈다. 그래서 그는 동정과 호기심 어린 눈으로 젊은이를 바라보았다.

"이리 오게. 어서!" 선장이 계속했다. "소리 내어 말해보게. 뭣 때문에 그러는지!"

"키티가 얼마나 예쁜지 봤을 겁니다." 머리는 헝클어지고 얼

---

10 파르메니데스라는 BC 450년경 활약한 이탈리아 태생의 그리스 철학자. 'nothing comes from nothing : ex nihilo nihil fit : 무에서 생기는 것은 무뿐이다'라는 말은 그가 자신의 저서 『물리학』에서 처음 한 것으로 알려짐. 이후 셰익스피어의 『리어왕』에서 리어왕의 대사 'nothing will come of nothing'을 비롯해 다양하게 인용됨. 여기에서는 'nothing can come of nothing'으로 쓰였다.

굴은 상기된 채 잠시 위를 올려다보며 젊은이가 입을 열었다.

"그녀더러 예쁘지 않다고 말한 사람이라도 있었나?" 선장이 응수했다. "그런 사람이 있다면 가서 흠씬 두들겨 패주지."

젊은이가 저도 모르게 피식 웃으며 말했다.

"그런 게 아니라, 그런 건 아닙니다."

"그러면, 뭔가?" 선장이 한결 부드러운 목소리로 말했다.

젊은 어부는 무슨 사정인지 말하기 위해 마음을 다잡고 입을 열었다. "돌아오는 월요일 주간에 우리는 결혼하기로 되어 있었습니다."

"결혼하기로 되어 있었다고!" 조르간 선장이 끼어들었다. "그러면 결혼할 거란 말인가? 이보게."

젊은 레이브록이 고개를 가로젓더니 집게손가락으로 편지를 짚어가며 '불쌍한 아버지의 5백 파운드'라는 대목을 찾아냈다.

"계속하게." 선장이 말했다. "5백 파운드? 그리고?"

"그 돈은," 젊은 어부는 어느 때보다 진심을 담아 진지하게 말을 이어갔고, 선장도 마찬가지로 진지하게 그를 응시하며 경청했다. "돌아가신 제 아버지가 가진 전부였습니다. 아버지는 돌아가실 때 갚으려고 마련해 둔 것 이상은 빚지지 않았습니다. 하지만 저축할 수 있었던 돈도 딱 5백 파운드까지였습니다."

"5백 파운드라." 선장이 반복했다. "그리고?"

"아버지는 한평생 오랫동안 어머니에게 남겨주려고 그 돈을 따로 모아둔 게 확실합니다. 알아듣기 쉽게 말하면 어머니에게 유산으로 남기고 싶었던 겁니다."

"그래서?"

"아버지가 한번은 위험하게 돈을 굴렸습니다. 아버지는 그 돈에 관해 당시 문서로 남겨두었습니다. 그리고 다시는 위험하게 돈을 굴리지 않기로 작정했습니다."

"투기꾼은 아니군." 선장이 말했다. "자네 아버지한테는 우리나라가 영 안 맞았을 거야. 그래서?"

"어머니는 지금까지 그 돈에 손도 대지 않았습니다. 그리고 이제 그 돈을 쓸 참이었죠. 바로 다음 주에 어머니는 제가 키티와 새살림을 꾸릴 수 있도록 여기 인근 어장에서 제게 두둑한 지갑을 풀 생각이었습니다."

선장은 고개를 숙였고, 쩔쩔매며 햇볕에 그을린 오른손으로 가는 머리카락을 넘기고 또 넘겼다.

"키티의 아버지는 여기 우리가 사는 식으로 그렇게 아끼고 살면서도 딱 먹고 살 만큼밖에 가진 게 없습니다. 이곳에서 영주의 권리를 지키는 일종의 청지기나 집사 같은 분인데, 권리라고 해봐야 별거 없고 그저 허술한 작은 사무실뿐입니다. 한때는 부유했나 보던데, 키티가 고되게 일하며 힘겨운 생계나 꾸려가려고 결혼해서는 절대 안 됩니다."

선장이 여전히 자신의 가는 머리카락을 손으로 빗어 내리며 앉아 있다가 젊은 어부를 바라보았다.

"전 아버지가 이 돈과 관련해 피해를 본 사람이 있다는 것을, 혹은 상환이 이루어져야 한다는 것을 전혀 모르고 있었다고 믿어 의심치 않습니다. 하지만 형이 바다 무덤에서 도난당한 돈이라고 엄숙히 경고한 마당에," 젊은 레이브록이 참고 있던 말을 억지로 입 밖에 내려고 애쓰며 말했다. "제가 아니라고 의심할 수 있을까요? 제가 돈에 손댈 수 있을까요?"

"아닐 건지 어떤지는 나도 잘 모르겠네." 선장이 말했다. "하지만 손대는 부분에 관해서는, 그래, 일단은 손대지 않는 편이 나아."

"이제 알겠죠?" 젊은 레이브록이 말했다. "제가 왜 그처럼 비통한지. 키티를 생각해 보세요. 제가 키티에게 해야 할 말을 생각해 보라고요!"

다시 그 생각이 미치자 젊은 레이브록은 또 한 번 억장이 무너지는 듯했고, 장화 신은 발로 마룻바닥을 가볍게 쳤다. 하지만 그리 오래되지 않아 그가 곧 결의에 찬 차분한 목소리로 다시 말을 이어갔다.

"하지만! 그걸로 충분합니다! 조르간 선장님, 선장님은 지금까지 용감한 말들을 제게 해줬습니다. 그 말들이 결코 헛되이 사라지지는 않을 겁니다. 이제 무언가 해야 합니다. 일단 다 제쳐두고 맨 먼저 해야 할 일은 이 편지의 의미를 추적해 보는 겁니다. 누구도 바로잡을 수 없는 선한 이름을 위해. 마찬가지로 선한 이름과 제 아버지에 대한 추억을 위해 이 편지의 단어 하나라도 제 어머니나 키티나 다른 누구의 귀에도 흘러 들어가서는 안 됩니다. 동의하죠?"

"아래에 있는 저들이 우리를 어떻게 생각할지 모르겠어." 선장이 말했다. "하지만 확실한 건 자네 말에 반대할 수 없다는 거야. 자, 의미를 추적한다고 했는데, 자넨 어떻게 할 건가?"

그 둘은 동의한 듯 다시 종이 위로 몸을 숙이고 조심스레 전체 글들에 담긴 수수께끼를 풀어나갔다.

"여기 있는 이 글이 전부라면 이 말이 의미하는 건 이런 뜻 같네. '이에 관해서는 거기 사는 노인들에게 물어보아라.' 가장 좋은 방법은, 자네가 여기에서 말한 이 마을로 가는 것 아니겠나?" 선장이 손가락으로 그 이름을 가리키며 생각에 잠긴 듯 말했다.

"맞습니다! 그리고 트레가던 씨는 콘월주 출신이고, 확실히! 랜리언에서 왔습니다."

"그래?" 선장이 조용히 물었다. "난 누군지 잘 모르겠는데, 내가 알 만한 사람인가?"

"트레가던 씨는 키티의 아버지입니다."

"아, 아!" 선장이 소리쳤다. "이제 알겠네! 그렇다면 트레가던이 랜리언이란 마을을 잘 알겠군."

"두말하면 잔소리죠. 저도 트레가던 씨가 고향이라면서 그 마을에 대해 언급하는 걸 자주 들었습니다. 잘 알고말고요."

"잠깐." 선장이 말했다. "우리는 여기에 있는 이 이름을 알아 내야 하네. 자네가 (자네가 못한다면 내가 하지) 트레가던에게 물어볼 수 있지. 광산 마을에서 살았을 적에 마을 어르신 중 기억나는 이름이 있는지? 어?"

"지금 곧장 키티 아버지의 오두막으로 가서 물어볼 수 있습니다."

"나도 데려가게." 말 한마디에 더할 나위 없는 편안함과 믿음을 담아 듬직하게 몸을 일으키며 선장이 말했다. "그리고 가기 전에 한 마디 더하지. 나는 자네보다 모진 풍파를 많이 겪었고, 세상을 더 멀리까지 나가봤네. 바다에서 그 오랜 세월을 보내며, 항해 기구를 감싸는 놋쇠 표면에 식초를 뿌리고 계속 문질러대며 반짝반짝 광을 내듯 내 기지를 계속 번뜩이게 해야 했네. 이 모험 길에 자네와 동행할 거야. 이제 자네는 나와 마찬가지로 더는 말만 하며 살아가지는 않을 걸세. 자네 손과 내 손을 이렇게 맞잡고 꼭 쥐면 이것이 우리에게는 곧 언약이지."

조르간 선장은 그런 진심 어린 악수로 탐험을 지휘하게 되었다. 그는 곧바로 그 종이를 정확히 원래 상태로 다시 접어 병에 넣고 마개를 끼운 다음 마개 주변에 방수포를 씌우고 그것을 젊은 레이브록에게 보관하라고 건네고는 아래층으로 앞장서 내려갔다.

하지만 아래층은 위층보다 헤쳐 나가기가 훨씬 어려웠다. 그들이 응접실에 발을 딛자마자 여자들은 직감적으로 뭔가 잘못되었다는 것을 간파했다. 깜짝 놀란 키티가 애인에게 달려가 소리쳤다. "알프레드, 무슨 일이에요?" 레이브룩 부인이 선장에게 외쳤다. "세상에! 우리 아들에게 무슨 짓을 했기에 그 잠깐 사이에 이 꼴을 만들어 놓은 거예요?" 그리고 처음에 너무 흥분한 젊은 미망인—만들던 옷을 팔에 걸친 채 그곳에 들른—이 잡고 있던 어린 딸을 놀라게 하는 바람에 딸은 엄마 치마폭에 얼굴을 감추고 소리를 질렀다. 이런 집안 분위기의 변화에 책임을 통감한 선장은 죄지은 표정으로 이를 곱씹으며 자신을 좀 구하러 와달라는 듯 젊은 어부를 바라보았다.

"키티, 내 사랑." 젊은 레이브룩이 말했다. "키티, 사랑하는 나의 키티, 나는 랜리언으로 떠나야만 해. 그리고 그 밖의 어떤 곳으로 얼마나 더 멀리 가야 할지는 아직 몰라. 바로 오늘! 더 안 좋은 소식은, 우리 결혼을 미뤄야만 한다는 거야. 키티, 얼마나 오래 미루게 될지는 몰라."

키티가 의심과 놀라움과 분노에 찬 눈빛으로 그를 노려보더니 손으로 그를 밀쳐냈다.

"미룬다고?" 레이브룩 부인이 소리쳤다. "결혼을 미뤄? 그리고 랜리언으로 간다고! 대체 왜? 신탁이라도 받은 게야?"

"어머니, 이유는 말할 수 없어요. 이유를 말해서도 안 됩니다. 이유를 말한다는 건 명예와 도리를 저버리는 것이나 마찬가지니까요."

"명예와 도리를 저버린다고?" 레이브록 부인이 반박했다. "그러면 사내자식이 사악한 이방인의 간계에 넘어가 음흉한 비밀이나 지키자고 사랑을 맹세한 애인과 제 어미의 심장을 산산이 부숴놓은 건 불명예스럽고 도리에 어긋난 행동이 아니란 말이냐? 댁은 대체 왜 여기 왔어요?" 그녀가 죄 없는 선장에게 화살을 돌렸다. "댁을 누가 부릅디까? 어디에서 온 거예요? 어딘지는 알 것 없고, 댁이 살던 형편없는 곳에서 잠자코 있을 것이지, 왜 조용하고 남에게 피해도 안 주는 우리 마을에 찾아와서 평화를 깨는 겁니까?"

"전 뭘 잘못했죠? 참으로 매정한 선장님, 제가 뭘 잘못했기에 제게 이러는 거예요?" 가엾은 키티가 울먹였다.

그러더니 둘은 가장 처량하게 울기 시작했고, 선장은 그저 둘을 번갈아 바라보며 괜스레 외투 깃을 부여잡는 것 외에 별도리가 없었다.

"마거릿!" 가련한 젊은 어부가 키티의 발 앞에 무릎을 꿇고 말하는 동안 키티는 배신자를 보지 않으려는 듯 양손으로 눈물 가득한 얼굴을 가렸다. 하지만 손가락을 죄다 벌리고 그를 줄곧 응시했다. "마거릿, 당신은 그동안 그렇게나 맘고생 하면서도 불평 한마디 없이 늘 조심스럽고 사려 깊게 행동했어요! 내 편을 들어줘요. 불쌍한 휴 형을 위해!"

마거릿은 그의 애원을 조용히 듣고 있었지만, 그저 흘려들은 것은 아니었다. "그럴 거예요, 알프레드." 그녀가 응수했다. "지금도 마찬가지고요. 이 신사분이 우리를 찾아오지 않았다면 얼마나 좋았을까요." 이 대목에서 선장은 별수 없이 깃을 더 단단히 여미었다. "하지만 난 그 어떤 경우에도 당신 편이에요. 당신이 아무리 이상한 짓을 해도, 심지어는 이상하게 행동하는 이유조차 말하지 못하더라도, 당신에게 명확한 이유가 충분히 있다고 믿어요. 그리고 사랑하는 키티! 넌 누구보다 그렇게 생각해야 해. 진정한 사랑이란 모든 것을 믿고, 모든 것을 감내하며, 모든 것을 신뢰하기 때문이야. 그리고 사랑하는 어머니, 어머니도 그렇게 생각해야 해요. 어머니는 좋은 아들들을 둔 복 받은 분이에요. 아들들이 늘 자신이 내뱉은 말을 서약이라도 되는 듯 잘 지키고 이 땅의 여느 신사 못지않게 명예롭게 살도록 가르쳐서 잘 알잖아요. 그러니 어머니, 저는 어머니가 죽은 아들을 의심하지 않듯이 살아있는 아들도 더는 의심하지 않으리라 믿어요. 그리고 전 소중한 죽은 남편을 위해서라도 소중한 산 자 편에 설 거예요."

"거참," 선장이 흥분해서 갑자기 끼어들었다. "분명히 말하는데, 나 듣기 좋아하라고 하는 말이든 아니든 당신은 실로 분별

력과 용기와 공감 능력을 모두 겸비한 여성입니다. 위기의 순간이 오면 그동안 내가 받아들였든 혹은 내쳤든 그 많은 남자 절반에 의지하느니 그대를 곁에 두는 게 훨씬 듬직하겠습니다."

마거릿은 선장의 찬사에 대꾸하거나 그의 호평에 화답하려하지 않았지만, 키티와 돌아오는 월요일 주간이 되면 키티의 시어머니도 될 뻔한 자기 시어머니에게 조금이나마 위안이 되어보고자 애썼고, 이내 응접실 분위기도 진정시켰다.

"키티, 내 사랑." 젊은 어부가 말했다. "갑작스러운 변경에속이 쓰리고, 예기치 못한 상황에 당황스러울 거야. 그래도 날좀 믿어 달라고 이렇게 빌게. 또 당신 아버지에게 랜리언으로가는 길도 물어봐야 하는데, 집으로 갈 거지? 나랑 같이 갈 거지, 응?"

키티는 한마디 대꾸도 하지 않았지만, 머리에 쓴 평범한 머릿수건의 끝자락을 눈가에 대고는 흐느끼며 일어섰다. 조르간선장은 연인을 따라 온순한 양처럼 밖으로 나섰다가 페티퍼 씨에게 지시를 내리려고 잠시 가게에 멈춰 섰다.

"이리 오게, 톰!" 선장이 낮은 소리로 말했다. "여기에서 자네가 할 일이 있네. 가련한 부인이 기운이 하나도 없어. 부인 기분좀 맞춰주게. 톰, 가족들 기운 좀 북돋아 줘."

페티퍼 씨는 잘 알아들었다며 힘차게 고개를 끄덕이고는 즉시 사환다운 표정을 지었고, 과묵하면서도 의지가 되는 사환다운 발걸음으로 응접실로 들어갔다. 그러고는 아이를 품에 안고 (아무도 거부하지 않았다) 레이브룩 부인에게 고개 숙여 부드러운 위로의 말을 건네는 톰의 모습을 유리창 너머로 본 선장은 매우 흡족해했다.

"톰이 나름대로 위로의 말을 찾는다지만, '머지않아 끝날 겁니다', '대부분 처음에는 힘들죠', '나중에는 다 좋아질 거예요'라는 말 외에 달리 자네 어머니에게 무슨 말을 건넬 수 있을지 짐작이 가지 않는군!" 선장은 연인을 따라나서며 속으로 이렇게 생각했다.

그저 돌길만 조금 내려가면 키티 아버지의 오두막이었기 때문에 선장이 그들을 따라잡기에 거리는 문제가 되지 않았다. 하지만 몇 걸음 안 되는 짧은 거리라도 선장 자신이 어느새 마을의 불청객이 되어가고 있다는 사실을 확인하며 걷기에는 충분히 긴 거리였다. 젊은 레이브룩의 어두운 표정과 눈물이 맺힌 키티의 눈을 본 한 여자는 문 앞에 서서 하던 일을 멈췄고, 한 어부도 오르거나 내려오던 걸음을 잠시 멈추고 이 범상치 않은 광경에 틀림없이 책임이 있을 것으로 보이는 외지인 선장을 의심 가득하고 성난 눈으로 쏘아보았다. 이윽고 트레가던의 작은 정원—전에 키티가 이 화단에서 담벼락을 넘어보던 장면을 선장이 목격한 바로 그곳—에 다다랐을 때 선장은 문 앞까지 갔다가 돌아서기를 반복하며 멈칫거렸고, 키티는 자신의 방에서 서둘러 눈물을 훔치고 있었으며, 알프레드는 정원에서 일하는 키티 아버지와 이야기를 시작했다. 키티 아버지는 다소 허약해 보였지만, 상냥한 얼굴과 늘 최선을 다한다는 힘찬 인상을 줘서 아직 노인이라고 부를 사람은 없을 듯했다. 대화는 키티 아버지의 유쾌하고 즐거운 농담으로 시작되었지만, 이내 불신에 차고 급기야 매서운 말들이 뒤따랐다. 이는 선장이 정원으로 들어와서 대화에 끼어들라는 신호였다.

"안녕하세요!" 조르간 선장이 말했다. "처음 뵙겠습니다."

"저와 동행할 신사분입니다." 젊은 어부가 트레가던에게 말했다.

"아!" 키티 아버지가 불운한 선장을 매우 탐탁지 않은 눈빛으로 훑어보며 대답했다. "내 터놓고 말하는데, 만나서 반갑다는 말은 못 하겠습니다."

"그렇군요." 선장이 말했다. "인정하건대, 지금 이 상황에서는 그게 보편타당한 반응일 겁니다. 하지만 성급히 판단하지는 마세요. 장차 나에 대한 인상이 조금씩 좋아질 테니까."

"그러길 바랍니다." 트레가던이 말했다.

"거참, 나도 그러길 바랍니다." 선장이 편안하게 분위기를 이끌었다. "아니, 그러리라 믿습니다. 댁은 아니겠지만. 자, 트레가던 씨, 댁이라고 나와 불신의 말들만 주고받기를 원하지는 않을 겁니다. 설령 원한다 해도 주고받을 수는 없을 겁니다. 내가 그리하지는 않을 테니. 댁이나 나나 나이깨나 먹은 만큼 겉모습만 보고 경험에 반하는 어리석은 판단을 내리지는 않을 겁니다. 행여 댁이 그런 판단이 얼마나 사악하고 부당한지 알 만큼 오래 살지 않았다면, 댁은 운이 좋은 사람입니다."

트레가던이 이 말에 주눅이 드는가 싶더니 말을 이어갔다. "선생, 난 그걸 뼈저리게 느낄 만큼 살았습니다."

"거참." 선장이 화가 누그러져 말했다. "어떻게 살아왔는지는 알 길이 없지만, 내가 사람은 한번 잘 봤습니다. 자, 트레가던 씨, 저기 외동딸의 애인이 서 있고, 여기 그의 비밀을 알고 있는 내가 서 있습니다. 내가 보장하건대, 그의 비밀은 정의로운 비밀이며, 그가 관여한 비밀은 아니지만, 그가 지켜야만 하는 비밀입니다. 나는 그가 비밀을 지키도록 돕고 싶고, 그래서 말인데 랜리언 마을 연장자 두서너 명의 이름을 좀 물어봐도 되겠습니까? 이름을 받아 적을 수첩과 연필을 꺼내려는 참에 당신에게 이걸 보여주는 게 좋겠습니다. 여기 첫 장 맨 꼭대기에 쓴 게 내 이름과 주소입니다. '사일러스 조나스 조르간, 미국 매사추세츠 주 세일럼.' 댁이 어느 날 아침에 문득 찾아오고 싶어서 그 주소를 머릿속에 집어넣는다면 난 기쁨에 겨워 댁을 맞이할 준비를 할 겁니다. 자, 이제 앞서 말한 이름들 좀 불러주겠습니까?"

"데이비드 폴리어스라는 어르신이 있었습니다. 그런데 아마 죽었을 겁니다." 트레가던이 말했다.

"거참, 폴리어스란 분이 고인이 되어 땅에 묻혔는데도 어떻게든 우리에게 도움이 된다면 그분은 우리가 들쑤시는 것을 반대하지 않을 겁니다. 어찌 되었든 폴리어스, 받아 적었습니다."

"또, 펜레윈이란 분도 있었습니다. 세례명은 잘 모릅니다."

"세례명은 신경 쓰지 마세요. 짧게 펜레윈이라." 선장이 말했다.

"존 트레저란 이름도 생각납니다."

"듣기만 해도 좋은 보물 같은 이름입니다." 선장이 말했다. "존 트레저, 다 썼습니다."

"파비스란 어르신 외에 더는 떠오르는 이름이 없습니다."

"파비스라면 내가 알던 사람 중에도 있었는데." 선장이 말했다. "뉴욕시에서 말린 식품을 취급하는 상점을 운영하다가 놀라운 재능을 깨달았는지 글쎄 말리다 못해 자기 집을 홀랑 태워 잿더미로 만들고 말았지 뭡니까. 어쨌든 같은 이름이군요. 데이비드 폴리어스, 세례명 없는 펜레윈, 존 트레저, 그리고 노인 방화범 파비스."

"지금으로선 다른 이름은 기억나지 않습니다."

"고맙습니다." 선장이 말했다. "그리고 트레가던 씨, 부디 나를 좋게 봐주십시오. 아름다운 데번의 꽃, 따님 역시 그러길 바라며, 내가 댁을 위해 힘을 보태겠습니다. 오늘 하루도 잘 보내길."

선장을 따라나서는 젊은 레이브록은 수심에 잠겨 있었다. 올려다본 창문에도 키티는 보이지 않았고, 정문을 닫고 나서면서 정원을 둘러봐도 키티가 보이지 않았으며, 그들이 다시 돌 비탈을 오르기 시작했을 때 키티가 눈으로 돌길을 좇을 법도 한데 그 어디에도 보이지 않았기 때문이다.

"내 자네에게 한마디 하지." 선장이 말했다. "아무래도 현재로서는 내가 끼면 자네 가족 분위기를 흐릴 듯하니 난 들어가지 않겠네. 자네는 집에 가서 저녁을 들고 난 작은 여관에서 먹겠네. 만나는 시각을 두 시 정각으로 정하지. 여관 문 앞에서 햇볕을 쬐며 시가를 피우는 나를 찾을 수 있을 거야. 내 사환 톰 페티퍼에게 우리가 돌아올 때까지 맡은 일을 다 하고 자네 가족을 잘 돌봐주라고 하게. 아마 톰이라면 이미 자네 가족에게 큰 도움이 되었을 테고, 자네 가족도 그의 호의를 받아들이고 있을 걸세."

모든 것은 조르간 선장이 말한 대로 착착 진행되었다. 정확히 두 시 정각에 젊은 어부가 배낭을 메고 나타났다. 그리고 정확히 두 시 정각에 선장은 시가 끝에서 뿜어져 나온 마지막 희뿌연 깃털을 휙 날려버렸다.

"조르간 선장님, 짐을 제게 주세요. 제 배낭에 넣고 가면 됩니다."

"고맙네." 선장이 말했다. "그냥 내가 들고 가지. 짐이라고는 빗뿐이야."

그들은 비탈을 오르며 서서히 마을에서 벗어났고, 언덕 맨 꼭대기에 이르러 잠시 숨을 좀 돌리고 아름다운 바다를 내려다보고자 나무와 고사리들이 군락을 이룬 곳에 멈춰 섰다. 그때 갑자기 선장이 다리를 세게 찰싹 내려치며 "내 평생 이보다 적절한 것이 또 있었던가!"라고 외치더니 재빨리 자리를 피했다.

이처럼 선장이 갑작스레 물러난 까닭은 나무들 사이에서 살짝 얼굴을 드러낸 귀여운 키티 때문이었다. 선장은 눈에 띄지 않는 곳으로 가서 기다렸고, 계속 눈에 띄지 않는 곳에 머무르며 기다리다가 문득 시가나 한 대 더 피우며 무료함을 달래야겠다고 생각했다. 그가 시가에 불을 붙였고, 다 피운 후에도 여전히 눈에 띄지 않는 곳에서 기다렸다. 마침내 슬며시 몸을 움직여 눈에 띌만한 거리로 자리를 옮긴 선장은 서로를 팔로 감싸고 고개를 숙인 머리를 만지며 천천히 나무 사이에서 움직이는 연인의 모습을 보았다. 시간은 바야흐로 오후의 황금 시간대였고, 선장은 혼잣말로 중얼거렸다. "황금빛 태양, 황금빛 바다, 황금빛 돛, 황금빛 나뭇잎, 황금빛 사랑, 황금빛 젊음. 모든 것들이 한데 모여 황금빛 세상을 이루는구나!"

그렇긴 해도 선장은 눈에 띄지 않는 곳으로 다시 한번 발걸음을 옮기기 전에 젊은 동반자를 소리쳐 부르기로 했다. 몇 분이 더 지나서야 그가 나타났고, 그들은 다시 여정에 올랐다.

"아버지 없는 자식을 둔 아직 젊은 여인은," 어부와 발걸음을 맞추며 조르간 선장이 말했다. "말을 허투루 하지 않더군. 정직한 말들은 결코 허투루 버려지는 법이 없어. 그리고 이제 자네를 사랑하고, 믿고, 바라보는 부드럽고 귀여운 것으로부터 내자네를 떼어내어 호송하고 있으니, 내가 마치 그림에나 나오는 다리는 묶여 있고, 코는 길며, 정수리에는 깃털이 나 있고, 사악해질 때마다 콧수염 끝이 눈을 향해 점점 치솟는 포효하는 짐승이라도 된 듯하구먼."

젊은 어부는 메피스토펠레스[11]에 관해서는 아는 바가 없었다. 하지만 선장이 터져 나오는 웃음 때문에 잠시 멈춰 서서 허리를 숙이고 다리를 찰싹 치자 그도 따라 웃었고, 둘은 더없이 좋은 동반자가 되어 가던 길을 계속 갔다.

---

11 파우스트 박사와 계약을 맺어 그의 영혼을 손에 넣었다고 알려진 독일의 유명한 악마.

제3장

클럽-나이트
(Club-Night)

동풍이 몰아치는 콘월의 황무지는 여행자가 한 해 동안 여행하며 만날 수 있는 가장 춥고 험난한 풍광이다. 어둠이 깔린 콘월의 황무지는 여행자가 종잡을 수 없는 인생길에서 벗어나고 싶을 만큼 암울한 고독을 느끼게 한다. 밤안개가 자욱한 콘월의 황무지는 여행자가 자신이 나아가야 할 길을 잘 알고 있어야 하는, 혹은 여행자의 삶과 방랑이 머지않아 더는 그를 괴롭히지 않게 될 가능성이 농후한 길 들지 않은 드넓은 땅이다.

　조르간 선장과 젊은 어부는 스티프웨이스 마을을 떠난 후 해가 처음 떠오를 때부터 동풍과 남동풍을 맞닥뜨렸다. 해가 세 번이나 떠올랐지만, 사악한 영혼이 그들을 강제로 돌려보내려 혈안이 된 듯 온종일 매서운 바람이 그들을 향해 불어왔다. 하지만 조르간 선장은 불어오는 모든 바람을 꿰고 있었고, 바람의 가장 사소한 약점마저 교묘하게 활용해 둘러 가는 데 도가 튼 사람인지라 결국에는 그 어떤 바람에도 호되게 얻어맞지 않았다. 일 년 내내 어떤 바람이 불어오든, 얼마나 세게 불어오든 상관없다는 것이 그의 생각이었다. 그는 '바람이 자신에게 활력을 주었음'을 자주 경험하고 그것을 오랜 벗으로 여기는 사람이었던 만큼 바람이 불어도 신경 쓰지 않았다. 누군가는 조르간 선장과 바람 사이에는 종종 오랜 맞수로 경쟁을 지속해 온 노련한 적수들 사이에 형성된 일종의 동지애가 있었다고 생각했을 수도 있다. 젊은 어부의 경우는 나름대로 제한된 범위 내에서 거친 날씨를 대수롭지 않게 여기는 데 익숙했을 뿐만 아니라 자신 앞에 간절한 염원의 대상이 있었다. 그래서 바람도 그의 관심을 거의 받지 못한 채 그의 곁을 지나쳐 키티에게 입맞춤하기 위한 자신의 여정을 계속했다.

그들은 험준한 절벽에서 바다 안개가 피어오르는 해안선을 따라 황량한 황무지를 메워 경작지로 바꾼 내륙, 진흙 벽으로 둘러싸인 소박한 오두막집들이 옹기종기 모여 있는 외딴 마을, 그리고 오래된 교회와 번화한 시장이 있는 마을로 이어지는 다양한 경로로 여행했다. 하지만 사람이 별로 살지 않는 지역을 지나 광활한 대지를 가로질러 여정을 계속한 끝에 마침내 랜리언 인근에 자리 잡은 진정한 콘월의 황무지에 닿았다. 그들 눈에는 구리와 주석 가루로 뒤덮인 무시무시한 금속 가면을 얼굴에 쓴 말라비틀어진 유령 같은 광부들의 모습만 보였다. 외딴 언덕 꼭대기에서 홀로 작업하는 광부와 고문을 가하는 바퀴와 톱니, 쇠사슬로 언덕을 힘겹게 오르내리는 기계들만이 황량한 풍경 속에서 인간의 존재를 드러낼 뿐이었다. 오래도록 사나운 괴물처럼 으르렁거리고 울부짖는 매서운 바람이 모든 것을 독차지했다.

"정말 특이해." 말라비틀어진 풀과 빈약한 이끼로 뒤덮인 이 갈색 사막을 둘러보며 선장이 말했다. "이 땅이 그 위에서 살아가는 사람들과 판박이라니! 이 지역에는 숨은 금속이 풍부한데도 그들은 그저 누더기만 걸치고 몸을 웅크린 채 부들부들 떨고 있어. 그래서 짐승 한 마리에게 먹이를 던져 줄 여유조차 없을 만큼 가난하다고 믿게 해. 구두쇠처럼 말이야, 안 그런가?"

"하지만 그들은 구두쇠의 정체를 알고 있죠." 젊은 어부가 금속을 찾아 물줄기와 계곡을 따라 수 마일에 걸쳐 파헤쳐진 광활한 땅을 향해 손짓하며 말했다.

"아, 물론 그들은 구두쇠의 정체를 알고 있지." 선장이 대꾸했다. "하지만 그렇다고 해도 구두쇠는 금속을 감추려 애쓰며 가능한 한 많은 것을 교묘하게 숨기고 있어. 아주 교활해."

저녁의 어둠이 벌써 황량한 풍경을 뒤덮고 있었고, 그들은 목적지에 도착하기까지 적어도 12마일을 더 가야 하는 거리에 있었다. 하지만 길고 치렁치렁한 푸른색 코트에다 장화, 모자,

사각 깃이 달린 셔츠를 입은 선장은 날씨 따위는 개의치 않는 듯 주머니에 손을 찔러 넣고 거리낌 없이 걸었다. 마치 근처 어딘가의 지하에서 살다가 친구에게 길을 안내하러 잠깐 밖으로 나온 사람처럼 말이다.

"나도 이곳을 보고 싶었네." 선장이 말했다. "엄청난 물살이 이곳을 휩쓸고 지나가며 거대한 돌을 운반했어. 그리고 차곡차곡 쌓아 올려 다양한 미신의 토대를 마련했지. 오오! 이런! 옛 사제들이 제아무리 기술적으로 뛰어난 존재들이었다고 해도 이런 돌을 그렇게나 많이 쌓지는 못했을 거야. 그 돌덩이들을 옮긴 지렛대는 바로 물이야. 나침반의 한 지점을 향해 갈수록 굵고 뭉툭하고 그 반대 지점을 향해 갈수록 가늘어지는 것을 보면 그 형성을 주도한 고대 드루이드[12]의 이름이 다름 아닌 물이라는 것을 확신할 수 있을 걸세."

선장이 황량한 언덕 위로 이런 특징을 보이는 돌덩이들을 가리켰는데, 그것들은 놀랍게도 균형이 잘 잡힌 상태로 서로 겹겹이 쌓여 있었다. 마침 해가 질 무렵 타는 듯한 붉은 석양빛을 등지고 서 있는 이 돌덩어리들을 돌아보니, 그 모습이 언덕 위 바

---

12 고대 켈트 종교의 신성한 지도자이자 예언자로 켈트 문화에서 학자, 예언가, 재판관, 시인 등 다양한 역할을 맡았으며 자연과의 조화와 숭배를 중시했던 이들의 신비로운 모습과 지식은 수많은 이야기와 전설에 녹아 있다.

위와 봉우리에 자리를 잡고 석화된 거대한 태고의 새들과 다르지 않았다.

"하지만 흥미로운 곳이야." 선장이 말했다. "정말! 이곳은 앞서 말한 아크 드루이드[13]인 물의 연대기에서도 고대의 위상을 뽐내고 있고, 소위 말하는 성직자들의 연대기에서도 고대의 위상을 뽐내고 있거든. 자네가 (오늘 내가 했듯이) 날씨의 흔적 말고는 아무것도 확인할 수 없는 여기 울퉁불퉁한 벌집 모양의 오래된 돌 위에 발을 올려놓는다면 굉장히 흥미로울 거야. 망치를 들고 전 세계를 돌아다니며 조각조각 그러모은 학자들은 오래되고 구멍 뚫린 돌덩어리들이, 무리한 세금에 허리가 휜 백성들은 전혀 들어본 적 없는, 지배자라는 어떤 망가진 존재의 영혼을 위해 기도해달라고 간청하는 비문임을 알게 되지." 선장이 잠시 걸음을 멈추고 자기 다리를 찰싹 때렸다. "사막 한가운데 똑바로 서 있는 몇 개의 돌을 발견하는 건 정말 흥미로운 일이야. 어떤 건 짤막하고 어떤 건 크고, 어떤 건 여기에 기대 있고, 어떤 건 저기에 기대 있지. 사람들은 이 돌들이 일요일에 놀이를 즐기기 위해 모인 콘월 사람들이 이런 지형지물로 변했다고 믿네. 우리나라에서는 그런 게 있다고 해도 받아들여지지 않겠지만, 무척 흥미로워."

---

13 고대 켈트 종교의 드루이드 중에서 가장 높은 지위에 오른 인물을 의미한다.

선장은 재미있다고 생각하면서도 참으로 진지했다. 그러니까 주의 깊게 주변을 둘러보고 나서 다음과 같이 말할 때만큼이나 진지했다. "해가 지면 안개 봉우리가 더 넓게 펼쳐질 테니, 랜리언으로 가는 길을 찾으려면 시각만큼이나 감각에 의존해야 할 걸세."

여행 내내 젊은 어부는 때때로 가로막힌 꿈, 가족의 좋은 이름, 상환을 위해 필요한 행동, 거의 이루었지만 당장은 제쳐 놓아야 하는 소중한 열망을 선장에게 이야기했다. 올곧은 신념과 성실함으로, 그는 정당한 조사 결과의 이행을 회피하는 것이 얼마든지 가능한 선택지라는 생각을 전혀 염두에 두지 않는 듯했다. 이런 그의 모습은 조르간 선장에게 깊은 공감을 불러일으켰고, 그의 진심 어린 존경을 받았다. 그래서 이제 대화의 방향을 전환한 선장은 젊은 어부에게 키티에 대해 이야기하게 하고, 그가 어업에 종사하지 않고 키티를 위한 집을 마련하는 데 몇 년이 걸릴지 계산하게 하고, 마음을 무겁게 짓누르는 걱정거리를 자세히 이야기로 풀어내 위안을 얻게 해서 그의 용기를 북돋웠다.

그 사이 어둠이 내려앉고 안개가 짙게 깔렸지만, 거센 바람은 계속 울부짖으며 그들을 물어뜯었다. 조르간 선장은 가지고 다니던 포켓 나침반과 지도를 이용해 랜리언으로 가는 방향을 조심스럽게 파악했고, 젊은 어부에게도 비슷한 일을 하는 사람들에게서 흔히 볼 수 있는 경로 탐색의 본능이 발동했다. 하지만 나침반과 선장의 모자 깊숙한 곳에서 힘들게 얻어낸 통찰력에 힘입어 정확한 경로를 유지하고 수정하기 위해 노력했지만, 의도한 경로에서 벗어나는 경우가 자주 발생했다. 그런 경우 그들은 스펀지같이 푹신푹신하고 축축한 황무지의 까다로운 지형에 뒤얽히기 일쑤였고, 고생 고생해서 한 바퀴를 돌고 나면 이전에 지나쳤던 어느 지점에서 또다시 길 찾기에 나서야 했다. 하지만 젊은 어부는 쉽게 길을 잃지 않았고, 선장(과 그의 머리빗)은 지구상의 어떤 약속 장소에서도 더할 나위 없이 침착하고 자신감 있는 모습으로 나타났을 것이다. 그 결과 랜리언으로 향하는 여정은 단지 지체되었을 뿐 아홉 시에 작은 마을에 도착했다. 그 무렵 선장의 모자가 귀 뒤로 흘러내려 목덜미에 얹혀 있었지만, 그는 여전히 주머니에 손을 넣은 채 별다른 지친 기색은 보이지 않았다.

그들은 하마터면 창문에 붉은 커튼이 쳐진 낮은 석조 건물에 부딪힐 뻔했고, 그제야 '킹 아서스 암즈(King Arthur's Arms)'라는 고풍스러운 작은 여관을 우연히 발견했다. 안개 사이로 좁은 길 건너편에 그 여관의 별채와 마구간으로 쓰이는 낮은 석조 건물이 희미하게 보였고, 머리 위 어딘가에서는 보이지 않는 여관의 간판이 바람에 심하게 흔들리고 있었다.

"자, 잠깐만 기다려보게." 선장이 말했다. "여기에 빈방이 없거나 춥고 불편한 숙소를 제공할 수도 있어. 그러니 가장 좋은 방법은 주변을 살펴보고 가장 따뜻하고 아늑한 방을 찾으면 그 방으로 직행하는 거야."

가장 따뜻한 온기가 느껴지는 방은 모름지기 화롯불과 촛불이 가장 붉고 밝게 쏟아져 나오고, 열띤 토론을 벌이는 목소리가 밤새 끊이지 않는 곳이었다. 이 방의 위치를 가늠한 조르간 선장은 젊은 어부에게 "따라오게"라고 말하며 '킹 아서스 암즈'가 낯선 이의 존재를 알아차리기 전에 재빨리 안으로 들어갔다.

"조용, 조용, 조용!" 선장이 모자를 겨드랑이에 끼고 열린 문 안으로 들어서자, 그제야 여러 사람의 목소리가 들렸다.

"신사분들, 나에게 발언할 기회를 주어서 대단히 감사합니다." 선장이 앞으로 나서며 말했다. "하지만 장황한 연설로 여러분을 지루하게 하지는 않겠습니다. 나는 미국에서 온 여러분의 사촌쯤 되는 사람입니다. 이 젊은 친구는 영국 데번셔에서 온 여러분과 아주 가까운 친척입니다. 우리 둘 다 많이 지쳤고, 풍성한 만찬이 절실히 필요한 상황입니다. 여러분의 따뜻한 환영에 감사드리며 이렇게 손을 잡게 되어 영광입니다. 항상 건강을 바랍니다."

이 마지막 말은 그 옆에서 의사봉을 들고 있는 유쾌해 보이는 회장에게 건넨 말이었다. 선장의 다정한 손길이 없었다면, 그는 의사봉으로 테이블을 탁탁 두드렸을 것이다.

"안녕하십니까, 선생님?" 선장이 회장의 손을 꼭 잡으며 따뜻하게 인사했고, 그의 새 친구인 젊은 어부는 조심스럽게 의사봉을 힐끗 보았다. "당신이 내 조국을 방문하면 내가 기꺼이 당신과 여기 있는 모든 분께 환영의 뜻을 전하겠습니다."

선장은 불 옆에 자리를 잡고 젊은 어부에게도 똑같이 하라고 손짓하며 '운 좋게 안착한 것'을 축하했다.

십여 명쯤 되는 동석자들은 선장의 존재를 어떻게 받아들여야 할지, 어떻게 대해야 할지 몰라 당황했다. 그때 자욱한 담배 연기 사이로 얼굴과 옷깃만 구별할 수 있는 작은 체구의 노인 한 명이 셔츠 깃을 늘어뜨린 채 나이 든 천사를 닮은 모습으로 갑작스럽게 말했다.

"여긴 클럽입니다."

"여긴 클럽입니다." 선장이 젊은 어부를 향해 노인의 말을 따라 했다. "거참, 신기하군! 우리가 걷다가 우연히 클럽을 발견할 수 있다고 내가 말하지 않았나?"

선장이 몸을 숙이고 다리를 찰싹 때리자, 회장이 결론을 내렸다. 그는 처음부터 선장에게 부드럽게 대했고, 이제는 감정도 누그러졌다. "젠틀맨 킹 아서스," 그가 일어서며 말했다. "낯선 사람을 받아들이는 게 우리의 관습은 아니지만, 오늘 밤 이미 규칙을 어겼으니, 내 권한으로 한 번 더 규칙을 어기겠습니다. 그리고 이 여행자들의 만찬이 준비되는 동안," 이 대목에서 그는 시선을 여관 주인에게 돌렸고, 여관 주인은 신중하게 암시를 파악하고 일을 처리하려고 물러났다. "그러면, 다시 뱃사람 이야기로 돌아가겠습니다."

"들었나!" 선장이 젊은 어부에게 속삭였다. "우리와 관련이 있는 이야기군. 그 뱃사람이 누군지 궁금하지 않아?"

"노인 몇 분이 보이네요." 젊은 어부가 계속해서 자신의 목표에 집중하며 대답했다. "선장님이 종이 묶음에 적어둔 노인 중 한 명 이상이 여기에 있을지도 모릅니다."

"아마도." 선장이 말했다. "내가 계속 지켜보고 있네. 하지만 너무 조바심 내지는 말게. 자연스럽게 우리에게 다가올지 한번 보자고."

그렇게 두 사람은 조심스럽게 뒷짐을 지고 불 옆에서 계속 몸을 녹였다. 그와 동시에 클럽 회원들은 다시 편안하게 뱃사람에 관한 토론을 재개했고, 선장은 동료에게 윙크해서 주의를 기울이도록 했다.

참석자 대부분이 한꺼번에 말하고, 그중 절반은 제대로 말을 시작해 보지도 못하고, 또 나머지 절반은 제대로 끝맺지 못하는 그런 모임에서 흔히 볼 수 있는 대화 유형이었기에 토론은 산만한 경향이 있었고 일관성이 부족했다. 훈제 구운 닭고기와 베이컨 조각이 곁들여진 작은 2인용 식탁이 차려질 때까지 선장이 파악한 내용을 요점만 간추리면 이렇다. 길이 저문 어떤 뱃사람이 저녁이 되기 한 시간 전이나 그보다 일찍 '킹 아서스 암즈'

에 도착했고, '젠틀맨 킹 아서스' 회원들은 그를 전혀 모르는데도 클럽의 신성한 공간으로 맞이했고, 그들은 그가 이 클럽에서 좋은 발판을 마련할 수 있도록 그에게 이야기를 들려달라고 촉구했다. 설득 끝에 모험으로 가득한 난파선 이야기를 시작한 그 뱃사람이 흥미진진한 지점에 이르러 느닷없이 이야기를 중단하고는 결말을 들려주지 않겠다고 고집을 부렸다. 그러고는 촛대를 들고 침실로 물러나 지금 위층 방을 혼자 독차지하고 있다고 했다. 이런 상황에서 제기된 질문은 뱃사람이 보인 행동이 반항과 무례에 해당하지는 않는지, 그렇다면 공식적인 투표와 선언을 해야 하는 것은 아닌지에 관한 것이었다. (그 뱃사람보다 더 익살맞고 불손한 일부 젠틀맨 킹 아서스 회원이 제안한) 이 논의는 그런 투표와 선언이 통과되든 안 되든 그 뱃사람에게 아무런 영향을 미칠 수 없다는 어려움을 포함하고 있었다.

조르간 선장과 젊은 어부는 저녁 식사를 즐기고 맥주를 한 모금 마셨다. 두 사람이 내는 나이프와 포크가 달그락거리는 소리가 잦아들고 잔 부딪치는 소리가 사라졌지만, 진행 중인 토론은 결론에 도달할 기미를 보이지 않았다. 하지만 그들이 식사를 마치고 벽난로 옆자리로 돌아오자, 클럽 회장이 모든 사람의 주의를 끌기 위해 의사봉을 쾅쾅 두드리고는 큰 소리로 외쳤다.

"젠틀맨 킹 아서스, 바깥 날씨가 험악할 때 안에서는 화합과 조화가 이루어져야 합니다. 바람이 많이 불고 춥고 황량한 황무지라면 이 공간만큼은 따뜻하고 유쾌하고 즐거움이 넘쳐야 하거늘, 현재 이곳에는 그런 분위기가 전혀 없습니다. 젠틀맨 킹 아서스, 여러분이 어떤 사람인지 상기시켜 주겠습니까. 여러분은 어떤 사람입니까? 바로 고귀한 랜리언 마을의 존경받는 거주민—오랜 거주민—입니다. 여러분은 클럽의 회원 자격으로 이 자리에 모였습니다. 춥고 기나긴 겨울 내내 월간 클럽 회원 자격을 유지하고 있지요. 여러분에게는 특권이 있습니다. 바로 신입 회원이 들어오거나 회원의 생일에 해당 회원이 자신의 삶 혹은 가족이나 친구의 삶에서 주목할 만한 경험담이나 모험담을 들려줌으로써 회원들 사이에서 존재감을 높일 수 있도록 하고 그런 다음 네모 팽이[14]를 돌려 회원들 간에 이야기를 공유하도록 나를 대표로 위임하는 것이 여러분의 소중한 특권입니다. 젠틀맨 킹 아서스, 여러분의 소중한 특권은 내가 관리하는 동안 그대로 유지될 것입니다. 오늘 생일을 맞은 회원은 이미 여러분을 기쁘게 했습니다. 하지만 위층의 뱃사람이 우리를 만족시키지 못했으니, 이제 네모 팽이를 돌려 새로운 라운드를 시작하겠습니다. 네모 팽이가 가리키는 사람은 자신의 이름이 공표되면 발언할 기회를 얻습니다."

선장과 그의 젊은 친구는 네모 팽이가 빠르게 회전하는 동안

---

14 내기에 쓰이며 손가락으로 돌린다.

시선을 고정했고, 네모 팽이가 빠르게 회전하다가 점점 술에 취한 듯 테이블 주위를 불규칙하게 비틀거리며 움직일 때는 더 집중했다. 결국 촛대와 충돌한 팽이가 셔츠 깃이 펄럭이는 노신사의 파이프에 부딪혔다. 그러자 회장이 망치로 테이블을 치며 말했다.

"파비스 씨!"

"들었나?" 선장이 크게 흥분해서는 젊은 어부에게 속삭였다. "30분 전이라면 1천 달러를 걸었을 걸세. 연기 속의 저 늙은 케루빔[15]이 '방화범 파비스'라는 데!"

문제의 훌륭한 인물은 기억을 되살리기 위해 한쪽 눈을 치켜 뜨고―당시 그는 먼 옛날의 거장들이 유화로 제작한 전통적인 인물 묘사와 놀랍도록 생생하게 닮아 있었다―양복 조끼를 중심으로 한 이야기를 시작했다. 녹색 줄무늬에 흰색 소매와 평범한 황동 단추가 달린 노란색 양복 조끼인 듯했고, 펜잰스[16]의 니컬러스 펜덜드가 주문에 따라 맞춤 제작한 듯했다. 니컬러스 펜덜드라는 인물은 플리머스[17] 도로에서 언덕을 내려오던 중 네 마리의 말이 끄는 마차에서 추락한 경험이 있었다. 놀랍게도 그

---

15 하나님을 섬기며 옥좌를 떠받치는 천사.

16 영국 서남부 콘월주의 항구 도시이자 피서지.

17 영국 서남부의 군항.

는 머리를 땅에 찧었지만, 다행히 심각한 상처를 입지는 않았고, 그 후 32년을 더 살았다. 사실 그는 그 사고가 자신의 내면에 새로운 정신을 일깨웠거나 활력을 불어넣어 어떤 식으로든 자신에게 도움이 되었다고 믿었다. 게다가 이 양복 조끼는 파비스 씨의 아버지가 소유했던 것으로 보였고, 그는 세인트 저스트에서 열린 광부들의 연례 축제에 각반(脚絆) 한 켤레를 차고 이 조끼를 착용했다. 바로 이 행사에서 특별한 사건이 발생했고, 그 후 이 조끼가 유명해졌지만, 파비스 씨는 조끼가 유명해진 이유를 충분히 설명할 수 없었다. 파비스 씨가 그 유명세를 불러일으킨 특별한 사건에 대해 까맣게 잊고 있었기 때문에 클럽 회원들은 어느 정도 신뢰에 의존할 수밖에 없었다. 실제로 기억을 되살리기 위해 실시한 온화한 반대 질문에도 그는 젠틀맨 킹 아서스 회원들에게 그 사건이 자연적 혹은 초자연적 성격의 상황이었는지에 대한 어떠한 정보도 제공하지 못했다. 이렇게 네모 팽이에 응한 파비스 씨는 나만큼 잘할 사람을 보고 싶다는 듯 자신이 뿜은 담배 연기 밖을 내다보고는 다시 조용히 생각에 잠겼다.

클럽 회원들은 파비스 씨의 성공적인 대응에 당황한 기색이 역력했다. 회장이 한 번 더 네모 팽이를 돌리려는 순간 조르간 선장이 어렵사리 자제시키고 있던 젊은 레이브록이 자리에서 일어나 파비스 씨에게 질문해도 되는지 정중하게 물었다.

젠틀맨 킹 아서스 회원들이 큰소리로 "조용!"을 외치며 소란을 잠재우자, 그 틈을 타 젊은 어부가 질문을 던졌다.

"그 잊힌 상황이 돈과 관련 있습니까? 구체적으로 5백 파운드처럼 상당한 액수입니까? 정직하게 손에 넣었다고 믿었지만, 실제로는 부당하게 취득한 도난당한 돈입니까?"

클럽 회원들은 예상치 못한 이 질문에 당황했고, 처음에는 전반적으로 놀라움을 감추지 못했다. 자칫 분노를 불러올 수도 있었지만, 선장이 개입해 진화했다.

"이상하게 들릴 수 있고 의혹을 살지도 모르지만, 여러분, 여기 있는 내 젊은 친구의 말에는 타당하고 명예로운 이유가 있다고 확신합니다. 또한 그의 말은 불쾌함을 줄 의도가 없었음을 분명히 합니다. 그와 나는 해당 단어가 일반적으로 묘사하는 주제에 관한 정보를 찾고 있습니다. 우리는 그런 정보를 가장 정직하고 존경할 만한 사람을 통해 얻을 수도 있지만, 그렇지 않을 수도 있습니다. 이곳에서든 다른 곳에서든 말이지요. 존경하는 방화범—잘못 불러 죄송합니다—파비스 씨, 저는 당신이 '예' 또는 '아니요'로 내 젊은 친구의 마음을 안심시킬 확실한 답변을 제공해 주리라 믿습니다."

잠시 후 무뚝뚝한 파비스 씨가 고민 끝에 마지못해 "아니요!"라고 외쳤다. 이런 인정에 고마움을 느낀 선장이 자리에서 일어나 감사의 뜻을 표했다.

"자, 이제 다음 사람 이야기를 들어보자고." 조르간 선장이 젊은 어부에게 속삭였다. "그의 이야기에 더 중요한 단서가 있을지도 몰라. 그러니 중간에 끊지 말고 끝까지 듣게."

회장은 격식에 맞게 네모 팽이를 돌렸고, 팽이는 60세 전후의 건장한 갈색 피부를 가진 남자의 물 탄 브랜디 잔 쪽으로 빙글빙글 돌았다. 바로 이웃 광산의 관리인 존 트레드기어였다. 그는 곧바로 다음과 같이 시작했는데, 이야기가 진행될수록 평범한 사무적인 분위기는 점차 따뜻해졌다.

내 인생의 어느 한 시기에 내 운명의 길이 (당시에는 주석을 운반하는 길이 아니었습니다) 프랑스의 공공도로와 샛길을 따라 펼쳐졌는데, 나는 프랑스 문학과 연극에서 악명이 높은 일종의 술집인 프랑스의 전형적인 길가 카바레에 자주 들렀습니다. 나는 그런 여정이 필수적인 사업에 전념했습니다. 오랜 지인이 당시 파리에서 도매상을 개설했는데, 구체적인 내용은 지금 논의할 주제와는 관련이 없습니다. 그는 이 사업에서 나에게 일정 지분을 제안했고, 내 책임 중 일부는 프랑스의 작은 도시와 마을을 이따금 방문해 대리점을 열고 인맥을 구축하는 것이었습니다. 내 친구는 낯선 사람보다 나를 더 신뢰할 수 있다는 생각에서 현지인 대신 나에게 이 일을 맡아달라고 부탁했습니다. 또한 내가 인생의 절반을 프랑스에서 공부했으니, 프랑스어를 잘

구사해 어떤 업무도 충분히 해낼 수 있을 것으로 생각했습니다.

나는 친구의 제안을 수락하고 나의 모든 에너지를 쏟아부어 새로운 삶의 방식을 따랐습니다. 때로는 철도나 대중교통을 이용해 이곳저곳을 여행하기도 했습니다. 하지만 외딴곳을 방문해야 할 때에는 마차와 말을 가지고 이동하는 것이 더 편리한 경로를 택해야 했는데, 나는 이런 경우가 특히 즐거웠습니다. 내 마차는 올렸다가 내렸다가 할 수 있는 가죽 후드가 장착된 마부석이 없는 4륜 쌍두마차와 비슷했습니다. 뒤쪽에는 내가 가지고 다녀야 하는 상품의 표본이나 본보기를 넣을 충분한 공간이 있었습니다. 내 말의 경우는, 아주 좋은 말이 아니면 내여행 방식에 필요한 긴 구간을 매일 다닐 수 없었기에, 값나가는 동물이어야 했습니다. 그 말에 2천 프랑이 들었는데, 그 돈이 절대 아깝지 않았습니다.

우리는 아름다운 프랑스의 광활한 대지를 함께 여행하며 많은 일을 겪었습니다. 호텔도 많았고, 술집도 많았고, 형편없는 저녁 식사도 많았고, 축축한 침대도 많았고, 도중에 벼룩은 또 얼마나 많던지. 도개교를 건너야 하는 요새화된 마을도 많았고, 요새도 도개교도 없는 훨씬 더 한가한 마을도 수없이 많았습니다. 하지만 업무상 필요한 곳에만 들렀습니다.

그날 아침, 둘레즈 마을에서 하룻밤 묵을 프랑시 르 그랑으로 출발하는 여정이 어쩌다가 늦어졌는지는 잘 모르겠습니다.

정시에 출발할 계획이었는데, 알 수 없는 이유로 예정보다 한 시간 늦게 여행을 시작했습니다. 아니, 사실은 어떻게 된 일인지 압니다. 그날 아침은 흔한 말로 모든 것이 잘못되었습니다. 그래서 내가 다리에 양가죽 안감을 댄 무릎 담요를 덮고 충성스러운 작은 개를 옆자리에 편안하게 앉혔을 때는 이미 예상보다 한 시간 늦었습니다. 여행을 떠날 때면 언제나 영국에서 데려온 내가 가장 좋아하는 테리어와 동행했습니다. 나에게 소중한 동반자였던 그 개 없이는 여행하지 않았습니다.

10월의 비참한 날이었습니다. 지평선 주위로 하얀빛이 도는 완벽한 회색빛 하늘은 이미 시작된 이슬비가 적어도 스물네 시간 동안 계속되리라는 확신을 주었습니다. 날씨는 춥고 음산했고, 황량한 도로를 따라 이동하는 내내 이따금 도로를 보수하는 사람이나 노동자를 마주친 것을 제외하고는 고독을 달래줄 사람 한 명 구경할 수 없었습니다. 앞길에는 선명한 노란색으로 물든 가을 포플러가 가로수를 이루었고, 길바닥에 깔린 낙엽에 말발굽 소리마저 묻혔습니다. 양옆으로 광활한 평지가 펼쳐진 그 풍경은 말할 수 없을 정도로 우울했고, 도로가 직선으로 쭉 뻗어서 적어도 10마일 이상의 거리가 눈앞의 한 지점까지 줄어드는 것을 볼 수 있었고, 마차 뒤쪽의 작은 창문을 통해서도 비슷한 경치를 볼 수 있었습니다.

아침 출발을 서두르느라 낯선 길을 떠날 때면 으레 하던 일을 소홀히 하고 말았습니다. 한낮에 잠시 휴식을 취하는 동안 말에게 영양분을 보충하기에 안성맞춤인 장소를 물색하고 평판이 좋은 여관 이름을 물어보는 걸 깜빡했지 뭡니까. 열두 시에서 한 시 사이 네 갈래 길이 만나는 곳에 도착했을 때 사거리 모퉁이에 위치한 '떼뜨 누아르'라는 간판이 흔들리는 허름한 여관이 눈에 들어왔습니다. 도착하기 전에 아무런 정보를 수집하지 못했기에 숙소의 명성이나 성격에 대해 전혀 모르는 상태에서 그곳에 숙소를 잡을 수밖에 없었습니다.

그 장소의 외관이 영 마음에 들지 않았습니다. 꽤 허름하고 사람이 살지 않는 듯한 여관은 지나치게 넓어 보였고, 인근 마을과의 근접성을 고려하면 검고 더러운 외관은 설명하기 어려웠습니다. 모든 문과 창문은 굳게 닫혔고, 사람 그림자는커녕 생명체의 흔적조차 찾아볼 수 없었습니다. 정문 위 벽에는 다소 불길하고 섬뜩함을 자아내는 성자의 실물 크기 조각상이 자리 잡고 있었습니다. 나는 마구간과 연결된 열린 문으로 들어가야 할지, 더 매력적인 휴식처를 계속 찾아다녀야 할지 잠시 망설였습니다. 하지만 이미 상당한 거리를 여행한 탓에 지칠 대로 지친 말과 나는 그곳이 중간 기착지로 적절하다고 판단했습니다. 게다가, 여러분, 거기에 묵지 않을 이유가 뭐가 있겠습니까? 내가 건물 외관뿐만 아니라 그 내부까지도 만족도가 높은 숙소에만 들르기로 마음먹었다면 여행을 아예 포기하는 편이 나았을 겁니다.

마당 안쪽은 도로와 인접한 건물 외관보다 더 활력이 없어 보였습니다. 사방에 만연한 폐쇄감이 모든 것을 에워싸고 있었습니다. 문이 잠긴 마구간과 별채의 문지방에 지푸라기 하나 달라붙지 않은 것으로 보아 실제로 사용 빈도가 무척 드문 것을 알 수 있었습니다. 주변에서는 흩뿌려진 분뇨는 물론이고 돼지나 오리, 닭 등 살아 있는 생명체의 흔적도 찾아볼 수 없었습니다. 완벽한 고요와 평온함 그 자체였습니다. 어디론가 비를 몰고 갈 바람 한 점 없는 가늘고 고운 비가 내리는 날이라 그 침묵은 완벽하고 괴로웠습니다. 나는 큰 소리로 외쳤고, 마구를 풀며 내 부름에 누군가가 응답하기를 기다렸습니다.

내 목소리에 가장 먼저 반응한 사람은 작지만 조숙한 소년이었습니다. 그 소년은 여관 뒤쪽 문을 열고 나와 계단을 내려와서는 마구를 푸는 일을 도와주었습니다. 내가 말 옆구리에 있는 마구의 마지막 잠금장치를 풀 때였습니다. 우연히 뒤를 돌아보았더니, 글쎄 어떤 남자가 내 등 뒤에 서 있었습니다. 그는 인기척도 없이 내 뒤에 바짝 붙어 있었는데, 그 남자의 외모에 이상한 특징이 없었어도 정말 기겁했을 겁니다. 여러분, 그는 내가 지금껏 만난 사람 중 가장 보기 흉하게 생긴 남자였습니다. 50세가 다 되어가는 나이에도 삐쩍 마른 몸은 한시도 가만히 있지 못하는 소년처럼 가볍고 민첩했습니다. 떼프 누아르 여관 주인의 외모에서 내가 느낀 결점은 살이 없다는 것만이 아니었습니다. 그에게는 이보다 훨씬 중요한 결점이 있었습니다. 바로 일말의 자비나 양심도, 인간의 본성 중에서 (그에게 그런 면이 존재한다면) 더 나은 면에 닿고자 하는 시도도 전혀 없었다는 것입니다. 처음 그의 눈을 바라보았을 때, 즉 그가 널찍한 마당에서 내 등 뒤에 바짝 붙어 서 있고 그의 시선이 내 말의 아름다운 이목구비를 재빨리 훑고 난 뒤에 마차 안쪽에 놓인 짐과 그 앞에 묶인 여행 가방으로 옮겨갔을 때, 그의 눈동자 색은 거의 주황빛을 띠었습니다. 하지만 잠시 후 어두운 마구간에서 그와 함께 있을 때는, 그 본색을 감춘 채 호랑이를 연상케 하는 사나운 광채를 발산하며, 눈동자 표면에서 푸른빛이 도는 일종의 인광이 반짝였습니다. 내가 그 눈빛을 감지한 순간 그의 빈틈없는 시선은, 내가 모험을 즐기는 삶을 시작한 이래 꾸준히 끼고 있었고 지금도 내 손가락을 장식하고 있는, 큼지막한 금반지에 고정되어 있었습니다. 이 남자에게는 눈에 띄는 두 가지 특징이 더 있었습니다. 첫째는 벗어진 머리 뒤쪽의 툭 튀어나온 붉은 살덩어리였고, 둘째는 뺨의 덥수룩한 수염으로도 가릴 수 없는 깊은 흉터였습니다.

"즐겁게 여행하기에는 궂은날이군요." 여관 주인이 내게 빈정거리는 미소를 지으며 말했습니다.

"즐거운 여행은 아닌 듯합니다." 내가 건조하게 대답했습니다.

"요즘은 길에서 즐거운 여행자를 만나기가 매우 힘듭니다." 흉측한 얼굴을 한 남자가 말했습니다. "철도가 국토를 사막으로 만들었고, 길은 3백 년 전과 마찬가지로 황량합니다."

"철로는 그런대로 유용합니다." 내가 무심하게 대답했습니다. "열차를 이용할 수밖에 없는 사람들에게는. 다른 사람들이 그런 교통수단을 기꺼이 선택할지는 의문이지만."

"안으로 들어오겠습니까?" 여관 주인이 갑자기 내 얼굴을 똑바로 바라보며 물었습니다.

나는 이 남자의 여관에 발을 들여놓는다는 생각에 엄청난 거부감을 느꼈습니다. 하지만 다른 방법은 없었습니다. 내 암말이 이미 상당한 양의 귀리를 먹어 치워서 마구간에 오래 머물 명분이 사라졌습니다. 쏟아지는 비를 맞으며 산책하는 것은 말이 안 되는 일이었고, 2륜 마차에 계속 앉아 있는 것도 더 많은 의심과 불신을 불러올 게 뻔했습니다. 게다가 아침 커피를 마신 후로 아무것도 먹지 못한 나는 먹고 마실 무언가가 필요했습니다. 험악해 보이는 이 남자의 제안을 받아들일 수밖에 없었습니다. 그는 건물 내부와 연결된 계단을 따라 올라갔습니다.

이 계단 맨 위에서 문을 열고 안으로 들어서자, 쏟아지는 빛이 활기를 불어넣기는커녕 오히려 우울함을 극대화하는 듯한 공간이 나를 맞았습니다. 때로는 빛에 이런 속성이 있습니다. 빈민가나 초라한 학교 교실에서 이와 비슷한 환경을 경험한 적이 있어 잘 압니다. 그런 곳은 대낮에도 너무 우중충해서 침울한 분위기가 흐릅니다. 내가 안내받은 방은 비가 오는 날에는 옥외보다 더 밝게 느껴지는 그런 방이었습니다. 당연히 방안을 비추는 빛보다 더 밝을 수야 없지만, 그렇게 느껴졌습니다. 또한 그곳은 전체 외부 공간보다 더 커 보였습니다. 물론 실제로는 확실히 그럴 수는 없지만, 그렇게 보였다는 겁니다. 엄청나게 넓은 방 한쪽 벽에 난 두 개의 유리문을 통해 비슷한 크기의 다른 방이 나타났습니다. 정사각형은 아니고, 그렇다고 직사각형도 아닌 한쪽 끝이 반대쪽보다 좁은 형태의 방이었습니다. 여러분도 이런 비대칭적인 구조를 본 적이 있을 텐데, 이런 방은 불쾌한 인상을 주는 경향이 있습니다. 중앙의 당구대는 그 크기에 비해 아주 사소한 가구처럼 보였고, 다과를 즐기기 위해 드문드문 놓인 다른 테이블은 주변의 널찍한 공간에 비해 왜소해 보였습니다. 벽에 달린 찬장, 당구 큐 거치대, 마킹 보드, 그리고 검은 액자 속 파리 대주교의 살해를 묘사한 그림이 그나마 방의 단조롭고 획일적인 분위기를 깨뜨렸습니다. 천장에는 그 높이에서 볼 때 자살 목적에 딱 맞는 고리가 달린 거대한 들보가 가로지르고 있었고, 천장과 벽에는 막 바른 듯한 백색 도료가 군데군데 튄 흔적이 있었습니다. 혐오스러운 여관 주인의 정강이를 공격하려 해서 품에 꼭 안고 있어야 했던 내 작은 테리어조차 방안에 내려놓자마자 겁에 질린 눈빛으로 방 안을 둘러

보았습니다. 충격으로 극심한 불안감을 느끼는 듯했습니다.

"넬리, 너도 그가 마음에 안 들지? 나를 올려다보던 복슬복슬한 털에 푹 파묻힌 작고 다정한 눈동자로 그 흉측한 얼굴을 보고 있자니, 분노가 끓어오르지? 넬리, 그 흉터는 어떻게 해서 생겼을까? 마지막 여행자를 무자비하게 죽였을 때 생겼을까? 그의 눈을 보면 어떤 생각이 들어? 그의 뒤통수는 어때? 지금 그 남자는 뭘 하고 있을까? 그가 무슨 장난을 꾸미고 있을까? 다시 마차에서 내 옆에 앉아 탁 트인 도로를 달리고 싶지 않아?"

이 모든 질문과 발언에 내 작은 동반자는 아주 분명하게 동의를 표했습니다. 꼬리로 땅을 가볍게 두드리고 귀를 펄럭였는데, 오랫동안 함께 여행한 경험을 통해 나와 같은 생각임을 알 수 있었습니다.

나는 여관 안으로 들어서자마자 오믈렛과 포도주를 주문했고, 주문을 기다리는 동안 여관 주인이 가끔 다른 방—그곳에서 내 식사를 준비하고 있다고 결론 내렸습니다—에서 하던 일을 잠시 멈추고 내가 있는 방과 연결된 유리문을 통해 나를 몰래 자세히 들여다보는 것을 알아차렸습니다. 한 번은 그가 밖으로 나가는 소리까지 들었고, 나는 그가 마구간으로 가서 내 말과 마차의 값어치를 꼼꼼하게 따져보았다고 확신했습니다.

나는 여관 주인이 무모한 악당이었고, 그가 숙박업만으로는 먹고 살기 힘들었고, 내가 고가의 말과 좋은 가격을 받을 수 있는 마차와 값나가는 물건이 든 가방을 가지고 있다는 것을 그가 눈치챘다고 머릿속에 떠올렸습니다. 그가 관찰했듯이 나는 여러 장소로 여행하는 데 드는 돈을 포함해 다른 귀중품을 소지하고 있었습니다.

내가 이런 유쾌한 생각을 하며 즐거워하는 동안 열두 살가량 되어 보이는 앳된 소녀가 유리문을 열고 방으로 들어왔습니다. 소녀는 나를 빤히 쳐다보는 것으로 존경의 뜻을 표한 후 방 건너편에 있는 찬장으로 가서 손에 들고 온 열쇠 꾸러미로 문을 열고는 약 4인치 크기의 작은 흰색 종이 뭉치를 꺼내 들고 들어올 때와 마찬가지로 시선을 나에게 고정한 채 방에서 물러났습니다. 그러다가 제대로 주의를 기울이지 않아서 문에 세게 부딪혔습니다. 이 어린 소녀는 굉장히 불쾌한 존재였습니다. 뭐랄까, 다른 사람이나 사물을 똑바로 바라보지 못하고 늘 자기 코만 보다가 무심코 그 코가 못생긴 걸 알고는 그 코와 친구가 된 듯하다고나 할까. 게다가 곱슬곱슬하고 부스스한 머리가 더럽기는 또 얼마나 더럽던지. 그 몰골로 주변을 살피지도 않고 게처럼 느릿느릿 걸어가는 꼴이란 정말이지 차마 눈 뜨고 못 볼만큼 혐오스러웠습니다.

얼마 지나지 않아 이 소녀가 오믈렛이 담긴 접시를 손에 들고 돌아왔습니다. 테이블에 천도 안 깔고 접시를 올려놓더니 고리 모양의 빵 덩어리를 크게 한 조각 잘라내 식탁의 제일 더러운 부분에 아무렇지 않게 내려놓았습니다. 그러고는 내게 천으로 닦은 칼과 포크를 건네주고 다시 사라졌습니다. 그녀는 포도주를 가지러 갔습니다. 물과 포도주가 나오고 나서야 나는 식사에 필요한 모든 준비가 끝났다고 생각했고, 혼자 식사를 즐겼습니다.

이 불쾌한 하녀가 여관 주인과 마찬가지로 내 작은 개에게 똑같이 강한 혐오감을 드러낸 점은 반드시 언급해야 합니다. 그 소녀가 방을 나갈 때 넬리가 뒤쫓아 가서 종아리를 물어뜯을까 봐 내가 개입해야 했다고 말할 수 있어서 기쁩니다.

여러분, 노련한 여행자는 자신의 몸을 지탱하기 위해 모든 유혹에 눈, 코, 귀를 닫고 반드시 먹어야 한다는 사실을 금방 배웁니다. 결국 나는 결심하고 오믈렛을 먹기 시작했고, 신맛이 나는 질긴 빵과 기꺼이 씨름했습니다. 포도주와 물을 반쯤 들이켰을 때 문득 테이블 위에 잔을 내려놓아야 한다는 생각이 갑자기 들었습니다. 나는 이렇게 하자마자 잔을 다시 입으로 가져가 한 모금 들이켜고 입안에서 몇 번 휘젓다가 바닥에 뱉었습니다. 하지만 그렇게 하면서 '푸!'하는 외마디 소리가 튀어나왔습니다.

"푸! 넬리," 머리를 한쪽으로 기울이고 나를 유심히 지켜보는 개를 내려다보며 나는 "푸! 넬리"를 반복했습니다. "이게 무슨 미치고 터무니없는 바보 같은 짓이야!"

그런데 내가 이렇게 낙인을 찍은 이유가 무엇일까요? 한 모금 들이켜려던 나를 멈칫하게 만든 것은 무엇일까요? 반쯤 비운 잔을 내려놓게 만든 생각은 무엇일까요? 그것은 바로 의심입니다. 내 영혼의 가장 깊숙한 곳에 화살처럼 똑바로 꽂힌 의심. 내가 방금 마신 포도주에 약을 탔을지도 모른다는 의심!

가끔은 해로운 벌레처럼 쫓으면 쫓을수록 마음속에 윙윙거리며 떠오르는 생각들이 있습니다. 우리는 논리적으로 반박해서 그것이 비논리적임을 드러내고, 나아가 그런 생각이 발을 붙이지 못하게 합니다. 하지만 눈 깜짝할 사이에 윙윙거리는 벌처럼 활력을 되찾고 전보다 강력한 모습으로 돌아옵니다. 그 순간 내가 직면한 것이 정확히 그런 생각이었습니다. 내가 "푸!"하고 내뱉은 것은 적절했고, 나는 바야흐로 19세기 현대를 살아가는 사람이고, 프랑스 애정극에 나오는 주인공이 아니며, 내가 생각한 개념은 현실이 아닌 허구의 세계에서만 가능하다는 점을 스스로 상기시키는 것은 적절했고, 독특한 눈동자 색과 뺨에 난 흉터만으로 남 부끄럽지 않은 인물을 살인자로 단정 지으려는 주장이 적절했다는 것은 말도 안 되는 소리였습니다. 내 안에는 두 개의 뚜렷한 진영이 존재하는 듯했습니다. 하나는 강력한 추론 능력과 냉철한 판단력을 지닌 진영이었고, 다른 하나는 비이성적인 반대 진영으로 주로 논리적인 진영이 극복할 수 없는 고집스러운 주장의 체계로 구성되어 있었습니다.

얼마 지나지 않아 내 안에서 특정 증상이 나타나며 비이성적인 진영이 더욱 힘을 얻었고, 내가 반박하고 싶었던 바로 그 관점을 뒷받침했습니다. 어떻게든 그 생각에 저항하려고 온갖 노력을 기울였지만, 나를 에워싸는 듯한 이상한 감각이 서서히 시작되고 있음을 느꼈습니다. 우선, 나는 거리를 정확히 계산하는 데 다소 결함이 생긴 사실을 깨달았습니다. 물건을 집어 테이블에 올려놓으려 하면 테이블의 높이가 더 낮다고 인식하거나 실제보다 천장에 몇 인치 더 가까이에 있는 듯이 느껴져 물건이 가구와 부딪쳤습니다. 나는 손에 쥐고 있던 물건을 내려놓아야 할 시점보다 앞서 허공에 놓아버리고 있음을 알게 되었습니다. 그러고는 다시 머리가 어깨 위에 둥둥 떠 있는 듯 가벼워지는 느낌을 받았고, 손이 약간 따끔거렸고, 매우 차가운 발이 엄청나게 부풀어 오르는 듯했는데, 점화 직전의 회전 폭죽처럼, 빠르게 돌아가는 가벼운 회전 바퀴에 둘러싸인 느낌이었습니다. 또한 개에게 말을 거는 내 목소리가 이상하게 들렸고, 단어도 불완전하게 발음했습니다.

내가 유리문 쪽으로 시선을 돌리면 여관 주인이 모슬린 커튼 사이로 나를 훔쳐보는 경우가 종종 있었습니다. 그렇지 않으면 매우 불쾌한 어린 소녀가 뚜렷한 목적 없이 방으로 들어와서는 한참을 있다가 나가곤 했습니다. 마침내 안으로 들어온 여관 주인이 음산하게 내가 앉아 있던 테이블로 다가와서는 거의 손도 대지 않은 포도주를 힐끗 보았습니다.

"이 지역의 포도주가 손님 입맛에 맞지 않는 모양입니다." 그가 말했습니다.

"만족합니다." 나는 최대한 무심하게 대답했습니다. 마치 내 목소리가 성 바오로 대성당의 돔 내부에서 발화되어 철 파이프를 통해 내 귀에 전달되는 듯했습니다.

나는 의식은 멀쩡한데 생각과 말과 행동을 완전히 통제할 수 없는 특이한 상태에 있었습니다. 여관 주인이 거기 서서 나를 내려다보고, 나는 여관 주인의 눈, 코, 턱 주위를 빙글빙글 도는 회전 폭죽을 관찰하며 자리에 앉아 그를 올려다보았다고 믿습니다. 그 불꽃이 그의 뺨에 난 흉터에 닿았을 때는 정말 '쉿쉿'하는 소리를 내는 듯했습니다.

그 순간, 유리문 너머로 시끌벅적한 일행이 여관 로비로 들어서는 모습이 보였습니다. 주인은 손님을 응대하기 위해 잠시 자리를 떠났습니다. 나는 어떻게든 버텨보려고 안간힘을 썼지만, 가벼운 잠에 빠져들었던 것 같습니다. 그러다가 테리어가 시끄럽게 짖는 소리에 잠에서 깨어났습니다. 다시 방으로 들어온 여관 주인이 아까 어린 소녀가 종이 소포를 꺼낸 바로 그 찬장을 열고 있었습니다. 그는 비슷한 종이 꾸러미를 꺼내 다시 문밖으로 나갔습니다. 그 작자가 그렇게 했을 때 나는 어리석게도 어린 소녀의 행방을 궁금해했던 기억이 납니다. 곧바로 그의 불길한 얼굴이 다시 문 앞에 나타났습니다.

"커피를 준비하지요." 주인이 말했습니다. "어쩌면 포도주보다 커피가 더 맞을지도 모릅니다."

남자가 사라지자마자 나는 일어나려고 발버둥을 쳤습니다. 더는 나 자신을 속일 수 없었습니다. 내 생각이 번개처럼 번쩍였습니다. "포도주를 아주 조금 마신 데다 물을 너무 많이 섞어서 (남자도 볼 수 있듯이) 불완전하게 작용한 게 틀림없어. 커피가 이 일을 마무리할 거야. 그가 지금 커피를 준비하고 있어. 찬장, 작은 꾸러미…의심의 여지가 없어. 이곳을 떠나야 해. 지금이 아니면 영원히 기회가 없어. 다른 방 남자들이 여관을 떠나면 너무 늦어. 목격자가 많으니 내가 떠나는 걸 막지는 못해. 잠들면 안 돼—행동으로 옮겨야 해—내 근육을 억지로 움직여서라도 이곳을 벗어나야 해."

여러분, 나는 매우 예민하고 고통을 느끼기 쉬운 신경을 가진 대신 일시적으로 내 신경을 통제하고 조절할 수 있는 놀라운 능력을 부여받았습니다. 비틀거리며 문으로 걸어가 의도치 않게 문을 세게 닫고는 마당으로 내려갔습니다. 갑작스럽게 밀려오는 상쾌한 공기에 현기증이 나더군요.

계단을 내려가다가 아까 말한 그 불쾌하기 짝이 없는 소녀를 보았고, 망치와 다른 연장을 손에 든 대장장이가 그 뒤를 따랐습니다. 나를 보자마자 소녀가 대장장이와 급하게 말을 주고받더니 마구간 쪽으로 향하던 방향을 바꿔 곧바로 반대편 별채로 들어갔습니다. 대장장이가 내 말발굽에 못을 박아서 약을 탄 포도주가 성공하지 못하더라도 내가 여행을 계속할 수 없도록 하려고 사주를 받고 온 사람이라는 생각이 내 머리를 스쳤습니다. 이 끔찍한 생각은 내 노력에 새로운 힘을 더했습니다. 나는 마차 손잡이를 단단히 잡고 마당 밖으로 끌고 나와 집 앞으로 돌아가기 시작했습니다. 일단 마차를 도로에 세우면 어떤 장애물도 내 출발을 방해하기는 어려울 것으로 생각했습니다. 마차를 마당 밖으로 옮기려다가 두 번이나 넘어진 기억이 납니다. 그런 다음 서둘러 마구간으로 향했습니다. 다행히 암말은 고삐가 빠진 것만 빼고는 여전히 마구간에 묶여 있었습니다. 나는 가까스로 말의 입에 마개를 채우고 마차를 세워둔 곳으로 말을 끌고 갔습니다. 그러고는 그 온순한 동물을 마차의 샤프트[18]에 밀어 넣으려고 수 없이 시도했습니다. 하지만―술에 취한 사람처럼 거리를 가늠할 수 없었기에―앞서 본 소년의 도움을 받은 사실 말고는 그 일을 어떻게 했는지 전혀 기억나지 않습니다. 마지막으로 온 힘을 다해 가죽 끈을 핀에 고정하려는데, 갑자기 뒤에서 목소리가 들렸습니다.

"커피는 안 마시고 갑니까?"

---

18 말과 수레 사이의 나무나 금속으로 된 수평적인 구조물을 가리키는 용어로 말이 수레를 끌 때 말에 의해 견인되는 수레를 안정적으로 유지하는 역할을 한다.

뒤돌아보니 여관 주인이 바로 옆에 서 있었습니다. 그는 내가 서툴게 마구를 고정하려고 애쓰는 모습을 지켜보면서도 도와주려는 노력은 전혀 하지 않더군요.

"커피는 됐습니다." 내가 대답했습니다.

"커피도 안 마시고 포도주도 안 마신다고요! 신사분은 술을 별로 좋아하지 않는 모양입니다. 말에게 충분한 휴식도 주지 않았습니다." 그가 덧붙였습니다.

"갈 길이 멉니다. 얼마를 주면 됩니까?"

"다른 걸로 드릴까요, 손님." 주인이 제안했습니다. "빗길을 가기 전에 브랜디 한 잔 어떻습니까?"

"아니, 더는 필요 없습니다. 얼마를 내면 됩니까?"

"잠깐 들어와서 난로에 발이라도 녹이세요."

"아니, 그냥 얼마를 내면 되는지만 알려주세요."

나를 다시 여관 안으로 유인하려는 온갖 시도가 물거품으로 돌아가자, 결국 혐오스러운 여관 주인은 내 요청에 응할 수밖에 없었습니다.

"귀리 4리터." 그가 중얼거렸습니다. "건초 반 가마니, 아침 식사, 포도주, 커피." 그는 입가에 악의적인 미소를 띠며 마지막 두 단어를 힘주어 말했습니다. "7프랑 50센트입니다."

이때쯤 암말의 고삐를 잡아당겨 샤프트에 고정하는 데 성공한 나는 값을 치르기 위해 지갑을 꺼내야 했습니다. 손은 차갑고, 머리는 빙빙 돌고, 시야가 흐려진 탓에 경첩이 달린 돈주머니를 꺼내 계산하려다가 지갑이 뒤집혀 금화 몇 개가 바닥에 떨어지고 말았습니다.

"금이다!" 나를 도와 마구를 채우던 소년이 주체할 수 없는 충동에 이끌린 듯 소리쳤습니다.

금을 향해 쏜살같이 움직이던 주인이 탐욕을 억누르며 멈추었습니다.

"사람들은 종종 많은 금을 원하지요." 그가 말했습니다. "즐거운 여행길에 오를 때면."

몸 상태가 점점 더 나빠지는 게 느껴졌습니다. 나는 바닥에 흩어진 금화를 주울 수가 없었습니다. 무릎을 꿇고 고개를 앞으로 숙였지만, 아무 소용이 없었습니다. 분명 눈에 보였지만, 손가락이 금화가 있는 정확한 위치에 닿지 않았습니다. 그래도 나는 포기하지 않았고, 겨우 돈을 그러모았습니다. 나를 도와주던 마구간 소년이 금화 한두 개를 손에 쥐어 주었지만, 그가 몇 개를 챙겼는지는 아직도 오리무중입니다. 바닥에 금화가 더는 없는 것을 확인한 나는 필사적으로 몸을 일으켜 세우고 마차로 허겁지겁 돌아갔습니다. 본능적으로 고삐를 흔들었고, 암말이 움직이기 시작했습니다.

잘 훈련된 말이 평소처럼 영리하게 종종걸음을 치기 시작했을 때, 마치 잠들기 직전 갑자기 생각이 떠오르듯, 어떤 생각이

뇌리를 스치고 지나갔습니다. 이 생각은 갑작스럽게 울린 총성처럼 나를 깨웠고, 나는 달리는 말을 거의 멈춰 세우게 할 만큼 힘껏 고삐를 잡아당겼습니다.

"내 개, 사랑스러운 넬리!" 나는 넬리를 두고 왔습니다!

내가 가장 사랑하는 것을 두고 떠나야 한다는 생각은 꿈에도 해본 적이 없었습니다. "안 돼, 돌아가야 해. 방금 도망친 그 끔찍한 장소로 돌아가야 해. 그놈도 내 금을 봤어." 나는 말의 방향을 바꾸려고 어설프게 몸부림치며 혼잣말했습니다. "이제 여관에서 술을 마시던 남자들은 떠났고, 설상가상으로 약 효과도 점점 강해지는 듯해."

다시 한번 여관에 가까워졌을 때 나는 벽이 전보다 더 어두워 보이고, 비가 더 세차게 쏟아지고, 여관 주인과 마구간 소년이 계단에 있는 것을 알아차렸습니다. 한 가지 더 눈에 띄는 것은 근처 길에 어떤 운송 수단이 지나간 흔적이 남아 있었다는 것입니다.

"내 개를 찾으러 왔습니다." 내가 말했습니다.

"나는 모르는 일입니다."

"거짓말! 방안에 두고 왔습니다."

"직접 가서 찾아보던가." 남자가 모든 가식을 벗어던지고 대꾸했습니다.

"좋습니다." 내가 대답했습니다.

나는 이것이 나를 집 안으로 유인하려는 함정임을 알았습니다. 들어가면 행방불명되리라는 것도 알고 있었지만, 개의치 않았습니다. 나는 마차에서 내려 난간을 붙잡고 계단을 올라갔습니다. 외실을 지나 유리문으로 다가가자, 내 작은 넬리가 짖는 소리가 들렸습니다. 그때쯤 방안에 놓인 가구를 지나치며 나도 안정을 되찾아갔습니다. 문을 열자, 사랑스러운 넬리가 내 품으로 뛰어들었습니다.

하지만 그 순간 너무 늦었다는 사실을 깨달았습니다. 밖으로 나가는 문에 막 다가갔을 때 집 뒤쪽으로 끌려가는 마차를 보았고, 여관 주인이 문간에 나타나서는 통로를 막아섰습니다. 그를 밀치고 나가려 했지만, 아무 소용이 없었습니다. 바깥 계단에서 내 팔에 안겨 있던 작은 넬리가 떨어졌고, 여관 주인이 문을 세게 쾅 닫았습니다. 나는 의식을 잃고 그의 발치에 쓰러졌습니다.

* * *

사방이 어둠에 휩싸였고, 몹시 추웠습니다. 무수히 많은 별이 있는, 내가 올려다보던 작은 하늘은 주위의 다른 모든 발광체를 가리는 듯한 빛나는 행성만 없었다면 밝게 보였을 겁니다. 그나마 누워 있어서 추위 속에서도 꽤 사치스러운 느낌이 들었습니다. (한동안 이 자세로 계속 누워 있었기 때문인지) 고개를 조금 돌렸을 때는 뻣뻣하고 힘이 빠지긴 했습니다. 그 순간 옆에서 꿈틀거리는 느낌이 들었습니다. 처음에는 차가운 코가 내 손에 닿는가 싶더니 다음에는 뜨거운 혀가 손을 핥는 느낌이 전해졌습니다. 다른 감각과 관련해서는 부드럽게 덜컹거리는 소리가 들렸고, 내가 천천히 움직이는 것을 감지할 수 있었습니다. 간간이 흔들림도 느껴졌습니다. 아마도 그중 더 뚜렷한 흔들림이 느껴졌을 때 잠에서 깨어났을 수도 있습니다.

점차 감각을 통해 다른 세부 사항을 파악하기 시작했습니다. 내 앞을 걸어가는 말의 귀가 규칙적으로 움직이는 모습이 보였고, 넓은 어깨, 후드 달린 코트와 그 위에 챙이 넓은 모자를 눌러쓴 사람의 형체도 살짝 보였습니다. 이따금 이 사람이 말의 기운을 북돋워 주려고 건네는 소리를 들었습니다. 말의 목에 걸린 방울 소리도 들렸습니다. 우리 뒤를 바짝 쫓는 듯한 덜컹거리는 소리와 말발굽 소리도 분명히 들렸습니다. 또 뭐가 있었더라? 아, 마을이 가까이 있는 듯 멀리서 깜빡이는 몇 개의 불빛이 보였습니다.

여러분, 그 자리에 그렇게 누워 주변을 관찰하고 있자니 온몸에 완전하지만 불편하지 않은 약한 느낌의 나른함이 밀려왔습니다. 그래서 나는 이 모든 것이 무엇을 의미하는지, 내가 어디에 있는지, 내가 어쩌다가 이 자리에 누워 있는지 고민하고 싶은 생각조차 들지 않았습니다. 그저 모든 게 잘 되고 있다는 확신이 내 가슴 위에 진통제처럼 놓여 있었고, 내가 어떻게 그렇게 되었는지에 대한 모든 호기심이 내 머릿속에서 천천히 점진적으로 자라났습니다. 분명히 말하는데, 나는 15분 정도 천천히 이동하는 동안 완전히 정신을 차렸고, 몸부림치며 자리에서 일어나 앉고 나서야 말의 머리 부근에 있는 후드를 뒤집어쓴 남자의 뒷모습을 알아보았습니다.

"뒤페?"

말 옆을 걷던 후드 코트를 입은 남자가 갑자기 힘차게 "워" 하고 외쳤습니다. 그리고는 서둘러 마차 뒤쪽으로 달려가 다시 한번 "워!"하고 외쳤습니다. 그리고 나서야 우리는 멈춰 섰습니다. 잠시 후 마차 발판 위로 올라온 그가 내 손을 따뜻하게 잡아 주었습니다.

"아, 드디어 깨어났군!" 그가 말했습니다. "다행이야! 자네가 영영 못 깨어나는 줄 알았어."

"이보게, 친구, 이게 다 어떻게 된 일인지 설명해 주게? 여기가 어딘가? 어떻게 여기까지 온 거야? 이 마차는 낯설고 말도 내 것이 아니야."

"둘 다 안전해." 뒤페가 진심을 다해 말했습니다. "그 정도로 이야기를 나눴으면 리옹 도르에서 안전하고 따뜻하게 지낼 때까지 더는 말하지 말게. 저길 보게! 마을의 불빛이네. 이제 다른 말은 하지 말게." 그는 내가 깔고 누워 있던 말 옷을 끌어당겨 내 몸에 덮어주고는 발판에서 내려갔습니다. 그가 "알롱 동크"[19]
라고 습관적으로 외치고 채찍 소리와 함께 마차를 출발시켰습
니다. 우리는 다시 움직였습니다.

까스탕 뒤페는 그의 회사 사정상 자주 어울리며 친분을 쌓은
사람입니다. 프랑스 지방의 모든 여관 앞마당과 마구간에서 볼
수 있는 튼튼한 마차와 더 튼튼한 말을 소유한 사람들—프랑스
의 상업적 여행자 집단에 속하는 수많은 사람들—중에서도 까
스탕 뒤페는 호감 가는 인물의 본보기 그 이상이었습니다. 나는
그를 아주 좋아했습니다. 그와의 친밀한 관계 속에서 나는 운이
좋게도 어느 정도 중요한 사안에 직면해 그를 도울 기회가 있었
습니다. 여러분, 나는 우리가 도움을 준 사람들에 대한 애정은
상호적이며 서로 주고받는다고 생각합니다.

마을의 불빛이 정말 가까워졌고, 얼마 지나지 않아 마차가
리옹 도르의 안뜰에 들어서자, 따뜻하고 환한 분위기가 우리를
편안하게 감싸주었습니다. 그동안 너무 험악한 상황을 겪은 탓
인지 내 주변 사람들의 얼굴이 그야말로 천사 같았습니다.

몸을 움직이려 했을 때 비로소 내가 쇠약하고 방향 감각을
상실한 상태라는 사실을 깨달았습니다. 저녁 식사를 감당하기
에는 아직 무리였습니다. 그저 침대와 불만 있으면 더 바랄 게

---

19 출발.

없었습니다. 그리고 곧 이 두 가지를 다 누리게 되었습니다.

내가 베개를 베고 편안하게 누워 타닥거리는 소리를 내며 타는 통나무가 번득이는 모습을—넬리는 침대 커버 바깥쪽에 누워 있었습니다—바라보고 있을 때 친구가 내 옆에 앉더니, 떼뜨 누아르에서의 탈출 상황에 관한 궁금증을 해소해 주겠다며 나섰습니다. 하지만 전에 그가 말하기를 거부했듯이 이번에는 내가 듣기를 거부할 차례였습니다.

"자네가 만족스러운 저녁 식사를 즐길 때까지는 한마디도 하지 말게." 내가 말했습니다. "저녁 식사 후에 내 옆에 앉아 내가 듣고 싶어 하는 모든 걸 알려주게. 그리고 한 가지 더 부탁할 게 있네. 올라올 때 넬리에게 줄 뼈를 한 접시 가져오게. 굶주림을 피하기 위해서라도 넬리는 오늘 밤 내 곁을 떠나지 않을 거야."

"자네 개는 저녁을 먹을 자격이 있어." 뒤페가 방을 나가며 말했습니다. "넬리가 자네의 생사를 결정짓는 데 아주 중요한 역할을 했다고 생각하거든."

뒤페가 방을 나간 후 내가 자리에 누워 느낀 더없는 기쁨은 죽다 살아난 사람이나 적어도 장기간 극심한 고통에서 새롭게 벗어난 사람만이 알 수 있는 것이었습니다. 그것은 완벽한 휴식과 행복이었습니다.

친구는 돌아오자마자 넬리에게 닭 뼈가 담긴 접시를 건넸고, 나에게도 수프 한 그릇을 내밀었습니다. 내가 수프를 맛보고 넬리가 즐겁게 뼈를 뜯는 동안 뒤페가 말했습니다.

"앞서 말했듯, 자네가 목숨을 구할 수 있었던 건 바로 이 작은 개 덕이야. 이제 어떻게 그런 일이 일어났는지 말해주겠네. 오늘 아침 자네가 두레즈에서 출발한 건 기억할 거야…."

"한 일주일은 지난 듯해." 내가 끼어들었습니다.

"오늘 아침," 뒤페가 계속 말을 이어갔습니다. "내가 아침 식사 전에 비교적 짧은 거리를 이동해 그곳에 도착했을 때 자네는 막 여관 앞마당을 떠난 직후였네. 나는 자네가 어디로 갔는지 들었고 나도 그 방향으로 가고 있었기 때문에, 아침을 먹고 마을에서 약간의 볼일을 처리하는 동안 말을 몇 시간 쉬게 하고 다시 출발해서 자네를 따라잡을 생각이었지. 여관을 나서며 사환에게 자네가 도중에 어디에 들른다고 했는지, 그렇다면 거기가 어디인지 아느냐고 물었더니 그 소년이 잘 모르겠다고 하더군. 그래서 내가 말했지. '어디 보자, 모콘세이에 있는 떼뜨 누아르가 유력한 장소가 아닐까?' 그러자 그 소년이 대답하더군. '아니요. 평판이 좋지 않아서 여기에서 출발한 사람들은 아무도 그곳에 묵지 않아요.' 내가 그 소년이 한 말을 더는 생각하지 않고 대답했지. '그렇다면, 분명 그를 찾을 수 있을 거야. 가는 길에 물어봐야겠군.'"

"오후가 다 되어서야 떼뜨 누아르 여관이 눈에 들어왔네. 시력이 아주 좋은 편은 아니지만, 여관이 가까워지자, 건물 뒤편에 세워진 마차 한 대가 보이더군. 평소 같으면 전혀 시선을 끌 만한 상황이 아니었지만, 여인숙의 닫힌 문밖에서 개 한 마리가 안으로 들어가려고 맹렬하게 짖는 소리에 눈이 번쩍 뜨이더군. 한눈에 자네 개라는 걸 알았지. 나는 말을 멈추고 여관 계단을 뛰어 올라갔네. 넬리가 내 정강이 냄새를 한번 맡는 것만으로도 자네가 가까이 있음을 확신했고, 넬리는 내가 문에 가까워질수록 미친 듯이 짖어댔네."

"처음 안으로 들어갔을 때는 자네가 보이지 않았지만, 문이 열리자마자 자네 개가 허둥지둥 뛰어가는 방향을 바라보니, 내가 서 있던 방 한쪽 구석에 어두침침한 나무 계단이 보이더군. 놀랍게도 자네가 몹시 험상궂게 생긴 남자에게 안겨 계단으로 끌려 올라가고 있었고, 그 남자 못지않게 흉측한 몰골을 한 어린 소녀가 자네 다리를 부축하고 있는 걸 보았네. 나를 보자마자 그 남자는 자네를 계단에 내려놓고 나에게 다가왔네."

"'그 신사분에게 뭘 하는 겁니까?' 내가 물었지."

"'몸이 좋지 않습니다.' 그 험상궂게 생긴 남자가 대답했네. '나는 이 신사분이 위층 침실로 올라가는 것을 돕고 있습니다.'"

"'그 신사분은 내 친구입니다. 왜 이런 상태가 되었는지 설명해 주겠습니까?'"

"'내가 어떻게 압니까? 내가 그의 건강을 책임지는 사람도 아니고.' 그가 대답했네."

"'그러면, 좋습니다.' 자네가 쓰러진 곳으로 다가가며 내가 말했지. '우선, 그는 당장 이곳을 떠날 겁니다.'"

"솔직히 말해서," 뒤페가 말을 이어갔습니다. "자네 몸이 엄청나게 안 좋아 보였고, 내가 몸을 숙여 맥박을 짚어보니 너무 약하더군. 그래서 자네를 옮기는 것이 안전한지 잠시 망설여졌네. 하지만 나는 위험을 감수하기로 했네."

"'이 신사분을 마차로 옮길 수 있게 도와주겠습니까?' 내가 물었네."

"'아니요.' 악당이 대답했지. '그는 여행하기에 적합하지 않습니다. 그런데 당신은 그에게 무슨 권한이 있습니까?'"

"'그의 친구라는 권한이 있습니다.'"

"'내가 그걸 어떻게 확인할 수 있죠?'"

"'내가 장담합니다. 이봐요, 그의 개가 나를 알아보잖습니까.'"

"'만약 내가 그것을 증거로 받아들이지 않고 지금 상태로 이 신사가 내 영업장을 떠나는 것을 거부한다면?'"

"'그렇게는 안 될 겁니다.' 내가 도발했네."

"'왜지?' 그가 묻더군."

"'왜냐하면,' 나는 의도적으로 '이 지역 경찰서로 가서 내 친구를 발견한 의심스러운 정황은 물론이고 당신 영업장의 의심스러운 평판을 신고할 것이기 때문이오'라고 대답했네."

"그 남자는 당황한 듯 잠시 입을 다물었다가 한 번 더 해보겠다는 듯 결연한 표정을 짓더군.”

　“‘내가 문을 잠그고 두 사람 다 여길 못 나가게 막는다면? 누가 날 막을 수 있을까?’”

　“‘애초에 당신 혼자 힘으로는 나를 여기에 가둬 놓지 못할 겁니다. 설사 당신 주변에 조력자가 있다고 해도 오늘 밤 나는 프랑시에 도착할 예정이라 내가 그곳에 도착하지 못하면 곧바로 사람들이 나를 찾아다닐 겁니다. 오늘 아침에 내가 두레즈를 떠난 건 알 만한 사람은 다 아는 사실이고, 도중에 라 떼프 누아르라는 매우 수상한 여관이 있는 것도 거의 모르는 사람이 없을 정도입니다. 그러니 좀 도와주겠습니까?’”

　“‘싫습니다.’ 그 포악한 인간이 대답했네. ‘난 이 일과 아무 관련이 없습니다.’”

　“누군가의 도움 없이 누워 있는 자네를 끌고 밖으로 나온 다음 계단을 내려가 내 마차로 옮기는 일은 결코 쉬운 일이 아니었네. 하지만 나는 그 일을 해냈지. 이제 남은 도전은 두 대의 마차와 말 두 마리를 혼자 몰고 가는 것이었네. 이 난관을 극복할 해결책은 단 하나뿐이었지. 내 말을 마구간 정문으로 끌고 가서 내 시야에 들어오게 한 다음 다른 사람의 도움 없이 자네 말과 마차를 찾는 것이었네. 결국 나는 그것도 해냈네. 나는 고삐를 사용해 자네 말의 머리를 마차 뒤쪽에 고정하고 내 말의 고삐를 잡아당겨 움직일 수 있었네. 비록 거의 걷는 속도로 나아갔지만, 우리는 떼뜨 누아르에서 등을 돌렸지. 자, 이제 자네가 모든 상황을 알게 되었네."

"까스탕, 나는 이 모험에 대해 생각하기도 말을 꺼내기도 싫을 듯해. 왠지 모르게 끔찍한 기억이 떠올라서 생각만 해도 구역질이 나거든."

"전혀 그렇지 않네." 뒤페가 유쾌하게 말했습니다. "언젠가 겨울밤에 들려줄 흥미진진한 이야기가 될 테니, 내 말을 기억해 두게."

신사 여러분, 그의 예측대로 정확히 들어맞았습니다. 다음번에는 네모 팽이가 운이 더 좋기를 바라야겠군요.

"와, 대단합니다!" 조르간 선장이 자신의 동료 여행자를 제지하려고 그의 소매에 손을 얹고 벌떡 일어나며 말했다. "그런 모험을 했다니 정말 자랑스럽습니다, 어르신. 당시에는 불쾌했겠지만, 인생의 많은 모험이 그렇듯, 돌이켜보면 즐거운 일이죠. 트레드기어 씨, 도난당한 돈 생각이 많이 났을 듯한데, 다 합쳐서 5백 파운드 정도 되었습니까?"

"그 절반만 있었어도 얼마나 좋을까." 돌아온 대답이었다.

"고맙습니다, 선생님. 이미 했던 질문을 다시 해도 될까요? 이 랜리언이라는 곳에 대해, 그 질문과 관련이 있을 만한 어떤 정황에 대해 들어본 적이 있습니까?"

"전혀."

"솔직한 답변에 다시 한번 감사드립니다." 선장이 사과하며 말했다. "알다시피, 우리는 랜리언에 가보라고 해서 왔는데, 우연히 현재 거주하는 분들을 만나게 되어 질문할 기회를 얻었습니다. 우리나라에서는 항상 기회를 포착하지요."

"그래서 소기의 성과가 있었습니까?"

"네, 그렇습니다." 선장이 대답했다. "진전이 있었습니다. 우리는 진전하고 있습니다. 하지만 이번 대화는 마무리해야겠군요."

네모 팽이가 다시 빙글빙글 돌았고, 이번에는 철회색 머리의 데이비드 폴리스의 손에 떨어졌다. 선장이 젊은 레이브록에게 "언덕만큼이나 늙고 못처럼 강인한 남자"라고 나직이 속삭였다. "그런데 참 궁금하군." 선장이 주변을 훑어보며 말했다. "언크라이즌 펜레윈이 우리 중에 있는지, 그렇다면 어떤 사람인지 말이야."

데이비드 폴리스는 큼지막한 단추가 달린 코트의 어깨 위로 무겁게 드리워진 철회색 머리카락을 부드럽게 쓸어 넘기며 이야기를 시작했다.

문제는 그가 고의로 절벽 아래로 몸을 던졌느냐, 아니면 해질 녘에 길을 잃고 실수로 추락했느냐, 그것도 아니면 누군가에 의해 떠밀렸느냐 하는 것이었습니다.

그의 시신은 추락한 폭포에서 아래쪽으로 거의 50야드 떨어진 지점에서 발견되었고, 절벽을 내려가는 길 맨 아래쪽 물 위로 돌출된 나무의 낮은 가지에 걸려 있었습니다. 시신은 심하게 멍들고 손상되어 입고 있던 옷가지와 옷에 적힌 이름이 없었다면 거의 알아볼 수 없을 정도였습니다. 과연 나 말고 그를 알아볼 사람이 있을까 싶었습니다. 하지만 시신의 심각한 훼손이 폭포 아래 강바닥에 흩어진 돌에 부딪힌 흔적일 수도 있어서 타살 혐의는 발견할 수 없었습니다.

내가 말하는 폭포는 여기에서 마차로 한 시간 거리에 있는 애셴델 마을 인근의 애셴 폭포입니다. 특히 이 지역에 익숙하지 않은 분들은 이 점에 유의하기를 바랍니다.

그날 그는 종일 마을의 많은 사람에게 목격되었습니다. 나 역시 그가 언덕에 올라 목사관을 지나 교회로 향하는 모습을 목격했습니다. 누가, 어떻게, 왜 그곳에 묻혔는지를 생각해 보면 오히려 내가 이상하게 생각하던 교회였습니다. 고백하자면, 나는 그를 유심히 지켜보았습니다. 그는 예상대로 아너 리빙스턴의 무덤이 있는 교회 뒤편으로 가더군요. 무덤 앞까지 가는 데는 용기가 필요했을 겁니다. 그는 낮은 벽에 홀로 앉아 한 시간 넘게 그곳에 머물렀습니다. 이따금 계곡 너머를 바라보곤 했는데, 전에도 수없이 목격한 광경이었습니다. 그럴 때마다 아너는 그의 곁에서 그가 아름다운 풍경을 스케치하는 모습을 지켜보곤 했습니다. 그는 간간이 계곡을 등지고 고개를 숙인 채 아내의 무덤을 감시하듯 바라보기도 했습니다. 침상에서 평화롭게 세상을 떠난 기독교도들과 달리 그녀의 죽음은 위로가 되지 못했습니다. 그녀는 스스로 목숨을 끊었기에 해 질 무렵 아무런 의식도 없이 교회 북쪽에 안장되었고, 무덤을 표시하는 추모비도 세우지 않았습니다. 우리 사제가 봉분을 평평하게 하고 잔디를 덮자고 제안했는데, 나는 그분이 정말 그렇게 해주기를 진심으로 바랍니다. 주일 예배에 참석할 때마다 담장 그늘에 방치된 초라한 무덤을 볼 때면 마음이 아픕니다. 그 귀여운 소녀가 걸음마를 뗄 때부터 알고 지냈으니까요. 격정적이었지만, 마음은 무척 고귀했습니다. 그녀는 신앙심이 두터운 가정에서 성장했습니다. 검시관이 어떤 결론을 내렸든, 그런 행동을 했을 때는 극심한 감정적 고통과 정신적으로 불안정한 상태였다고 굳게 믿습니다.

공식 판결에 따라 그는 사고사로 처리되었고, 장례식은 사제, 종소리, 교회 서기, 묘지 관리인 등이 참석한 가운데 전통적인 방식으로 진행되었습니다. 이제 그는 아내가 잠든 곳에서 조금 떨어진 곳에 누워 영면에 들었고, 그의 무덤은 1~2톤에 달하는 거대한 화강암 비석으로 장식되었습니다. 비문에는 그가 당대에 얼마나 위대한 사람이었는지, 그가 국내외에서 얼마나 놀라운 공학 기술 업적을 이루었는지, 또한 그가 신의 은총으로 완성된 의로운 영혼들 사이에서 영광스러운 부활을 기대하며 평화롭게 잠들어 있는지를 설명하는 글귀가 새겨져 있습니다. 방문객들은 비문을 직접 읽을 수 있고, 많은 방문객이 그것을 보러 올라갑니다. 그의 무덤은 애셴 폭포만큼이나 잘 알려졌고, 나는 정교한 비문을 읽고 눈물을 흘리며 돌아가는 사람들도 많이 보았습니다. 그들은 모든 내용을 복음처럼 아로새기며 그토록 뛰어난 인물이 인생의 정점에서 종말을 맞이한 사실에 슬픔을 느낀다고 말했습니다. 하지만 내 생각은 좀 다릅니다. 나에게 그는 제임스 로렌스라는 평범한 남자에 불과합니다. 젊은 시절 그는 강을 건너는 방문객들을 도와주었고, 한 방문객의 눈에 띄어 좋은 교육을 받았고, 행운을 최대한 활용해 공학 분야에서 몇 가지 놀라운 업적을 달성했고, 득의양양하게 다시 우리 곁으로 돌아와 사람들의 눈을 현혹하고 앳된 아너 리빙스턴의 마음을 산산조각 낸 남자입니다. 그에게 칭찬할 만한 구석이 한 가지 있다면 불쌍한 노모에게 연금을 준 것입니다. 하지만 그는 어머니를 거의 방문하지 않았고, 아너 리빙스턴이 사망한 후에도, 심지어 어머니가 마지막 투병 생활을 하는 중에도 방문하지 않았습니다. 그가 숨진 채 발견되기 전날, 무엇이 그를 이곳으로 데려왔는지는 모두에게 불가사의였습니다. 하지만 그것은 그의 운명이었고, 피할 수 없었습니다. 나는 그렇게 생각합니다. 그의 죽음과 그 주변 상황을 둘러싸고 랜리언 사람들이 이런저런 가능성을 제시했지만, 나는 침묵을 지켰습니다. 내 나름의 의견이 있었고, 그 생각은 지금도 변함이 없습니다. 나는 내 믿음을 바꿀 이유를 전혀 찾지 못했습니다. 오히려 이를 뒷받침하는 증거를 여러분께 제시할 수 있습니다. 나는 그가 스스로 절벽에서 뛰어내렸거나, 실수로 넘어졌거나, 누군가에 의해 떠밀렸다고 생각하지 않습니다. 아니, 나는 그가 아래쪽의 무언가에 의해 과도하게 끌렸다고 믿습니다. 그가 죽은 후 유품에서 발견된 작은 일기장에 기록한 내용을 들어보면 내가 무슨 말을 하는지 이해할 겁니다. 그의 사촌은 내가 그 지역의 특이한 이야기에 매료된 사실을 알고 그의 일기장을 내게 주었습니다. 내가 지금부터 읽어줄 내용은 그가 친필로 쓴 것입니다. 나는 그의 필체에 익숙하니 얼마든지 그것을 증명할 수 있습니다.

제임스 로런스의 일기에서 발췌한 구절

1829년 8월 11일, 런던

아너 리빙스턴은 나에게 한 약속을 지켰다. 어젯밤 나는 지금 내가 쓰고 있는 이 펜과 방금 펜촉을 담근 잉크병만큼이나 생생하게 그녀의 존재를 목격했다. 그녀는 두 개의 불빛 사이에 서 있었고, 살아생전 마지막으로 보았을 때와 똑같은 모습으로 나를 바라보고 있었다. 나는 잠이 들지도, 깨어 있는 꿈을 꾸지도 않았다. 저녁 식사 때 포도주 두어 잔을 마셨을 뿐 평생 늘 그래왔듯이 나 자신을 완전히 통제하고 있었다. 이것을 단순한 공상이나 착시 현상이라고 치부하는 것은 말도 안 된다. 그녀는 살아 있을 때 모습 그대로 선명했고, 내 눈으로 직접 목격했다. 복도 시계가 여덟 시를 가리켰고, 어스름이 깔리던 순간이었다. 내가 잘 기억하듯, 정확히 저녁 무렵 그녀는 오두막집 담벼락으로 살금살금 걸어와서는 열린 창문 너머로 책을 챙겨 애셴델을 떠날 준비를 하는 내 모습을 보았다. 그 순간 그녀는 내 머릿속에서 가장 멀리 있는 존재였다. 앤과 대화를 나누기 위해 돌턴 부부 댁으로 향하기 전 시가에 불을 붙이고 여유 있게 산책하려던 참이었다. 갑자기 저기에 아너가 나타났다! 불과 12개월 전에 그녀가 땅에 묻히는 모습을 보지 않았다면 분명 아너가 거기서 있다고 생각했을지도 모른다. 나는 그녀에게서 시선을 뗄 수 없었고, 내가 아는 한 그녀는 거의 한 시간처럼 느껴진 1분 동안 서 있었다. 그러고는 그녀가 차지하고 있던 장소가 텅 비었다. 너무 당황한 나는 한동안 아무 생각도 할 수 없었고, 미친 듯이 무겁게 고동치는 맥박 소리 말고는 아무것도 들을 수 없었다. 정확히 겁이 났다고는 말할 수 없다. 정신이 아득한 상태에서 내 심장은 망치로 두드리듯 쿵쾅거렸다.

하지만 나는 이제 다시 그녀를 내 마음속에서 불러내 살펴본다. 창백하고, 흐릿하고, 희미한 윤곽과 나에게 고정된 아너의 눈을. 그녀가 다시 한번 물어보는 소리가 들리는 듯했다. "마을을 떠난다는 게 사실이야? 정말 떠나는 건 아니지, 제임스?"

나는 유령에게 겁먹을 사람이 아니다. 설령 그것이 내가 죽인 것이나 다름없다고 사람들이 비난하는 아너 리빙스턴일지라도. 나는 어려운 문제를 푸는 데 재능이 있다. 영적이든, 생리적이든, 다른 신비로운 현상이든 상관없이. 나는 이 미스터리를 계속 추적해 그녀가 약속한 대로 해마다 내게 돌아오는지 관찰할 것이다. 사실 난 일기를 쓰는 사람이 아니었다. 훗날 차라리 쓰지 않는 편이 나았을 케케묵은 누렇게 바랜 페이지에서 모험과 불행을 이야기하는 과거의 망령과 마주치고 싶지 않아서였다. 하지만 이것은 기념할 만한 가치가 있는 사건이며 유령을 믿지 않았던 나에게 잘 입증된 유령 이야기다.

"난 이제 애셴 폭포로 갈 거야. 그 폭포로 올 때까지 당신을 괴롭힐 거야." 아너의 말은 다소 악의에 찬 협박이었다. 어쩌면 그녀를 막을 수 있었을지도 모른다. 하지만 그 일이 벌어지기 전까지 나는 그녀가 무슨 말을 하는지 전혀 깨닫지 못했다. 그녀가 작은 사랑 이야기를 비극으로 바꾸어놓을 줄은 꿈에도 몰랐다. 아너는 그런 사람처럼 보이지 않았다. 그녀는 유령이 아니었고, 장밋빛 뺨에 보조개가 팬 매력적인 존재였으니까. 왜 그녀가 폭포에 몸을 던졌는지는 하늘만이 안다. 흠! 그래, 굳이 일기장에 거짓말할 필요도 없거니와 나 자신을 속일 필요도 없다. 그 가여운 존재는 나를 사랑했고, 나는 그녀가 나를 사랑하기를 원했다. 나는 한가했고, 기회가 생겼으니까. 그래서 그녀를 쓰다듬어주고 애를 태워 나를 사랑하게 했다. 그러고 나서는 그저 잠깐 즐긴 것뿐이라고 말했다. 이미 다른 여자와 약혼했다고. 그 말 외에는 달리 할 말이 없었다. 그녀는 도무지 내 말을 믿으려 하지 않았다. 그녀에게는 내 말이 어느 때보다 농담처럼 들렸을 테니까. 내가 떠날 채비를 하는 모습을 보고서야 농담이 아니었음을 깨달았다. 순식간에 광기가 그녀를 덮쳤고, 그녀는 자신이 어디를 갔는지, 또 무엇을 했는지 전혀 알지 못했다.

지금도 아너가 어린 동생의 손을 이끌고 들판을 경쾌하게 뛰어 내려오는 모습이 생생하다. 나에게 팔 잘 익은 체리가 있는지 물어보았을 때 그녀가 자신의 어깨 너머로 건네던 건방진 웃음이 아직도 눈에 선하다. 그녀는 그 예쁜 눈으로 장난치는 듯이 보였고, "난 널 알아, 제이미 로런스"라고 말했을 때 얼마나 설레었던지. 그렇게 우리의 이야기가 시작되었다. 사랑스러운 아너와 그녀의 어머니는 내 옆집에 살았다. 내가 무려 7년 동안이나 집을 비웠는데도 그녀는 나를 잊지 않고 기억했다. 나는 집시였던 그녀를 몰랐지만, 그날 저녁 그녀를 찾아가 봐야겠다고 생각했다. 어릴 때 글방을 함께 다니고 나의 귀여운 아내가 되어주겠다고 한 약속을 기억하는지 내가 그녀에게 물어볼 때까지 우리는 시간 가는 줄 모르고 이야기를 주고받았다. 기억해? 내가 물어보면 그녀는 내가 한 모든 말을 기억했다. 아니, 그보다 더 많은 것을 기억했다. 아너는 너무 아름다웠고, 여름날의 시골길이 무척 즐거웠기에, 내 생각이 나를 속여 나는 앤 돌턴보다 아너를 더 좋아한다고 믿게 되었다. 그래서 나는 의도한 것보다 더 많은 이야기를 했고, 그녀는 그 모든 것을 진지하게 받아들였다.

그렇다고 크게 비난받을 만한 짓을 저지르지는 않았다. 어떤 식으로든 그녀를 해칠 의도는 없었다. 그녀는 정말 선량한 사람이었으니까. 사랑과 질투라는 강력한 감정은 종종 다른 방식으로 표출된다. 젖 짜는 여자 필리스가 크게 실망하면 방앗간 웅덩이에 빠져 죽고, 귀부인 클라라가 실연을 경험하면 눈물로 시를 쓰고 부유하지만 건강이 좋지 않은 귀족과 결혼한다. 콜린의 연인이 루빈에게 미소를 흘리면 콜린은 자신의 총을 장전하고 두 사람을 쏘지만, 해리 경(卿)의 아리따운 여인이 그를 업신여기면 그는 그녀를 놔주고 새로운 사랑을 찾아 다른 곳으로 간다. 나의 아너가 우아한 숙녀였다면 여전히 살아 있을 것이다. 아, 귀여운 새침한 입술, 수줍은 눈빛과 발그레한 뺨! 오늘 아침 앤 돌턴을 바라보며 나는 그녀의 차가운 우아함과 가여운 아너를 비교하지 않을 수 없었다. 앤은 다른 어떤 남자보다 자기 자신을 더 사랑한다. 하지만 나는 그녀가 이 사회에서 남자의 출세를 도와줄 유형의 아내라는 사실을 잘 알고 있고, 그것이 바로 내가 원하는 아내의 모습이다.

작은 침대에 누워 있는 아너 리빙스턴과 그녀의 차갑고 생기없는 얼굴을 만지는 그녀의 앞 못 보는 어머니! 그 장면을 보지 않았다면 얼마나 좋았을까! 그 가슴 아픈 장면을 피할 수만 있었다면 뭐든 했을 테지만, 설명할 수 없는 힘에 이끌려 그녀를 바라보게 되었다. 그 순간 그녀의 죽음의 무게를 내 어깨에 짊어진 것만 같았다. 어젯밤 아너는 물에 빠져 죽은 오필리아와 그녀의 살아 있는 그림자 같은 실체였다. 익숙하면서도 낯선 그 모습은 틀림없이 아너였다. 만약 그녀의 소원이 이루어진다면 8월 10일, 그녀의 불안한 영혼이 어디를 떠돌아다니든 항상 나에게 돌아와 내가 그녀와 함께할 때까지 나를 괴롭힐 것이다.

1830년 8월 11일, 헤이스팅스

또다시! 어젯밤 가여운 아너 리빙스턴의 가슴 아픈 일을 잊고 있을 때 그녀가 나타났다.

앤과 내가 베란다에 앉아 이웃의 일이며 재정 등 일상적인 여러 문제를 놓고 이런저런 이야기를 나누며 바다가 너무 아름다워 보이니 달빛 아래에서 노를 저어보자고 막 제안하려던 참에 앤이 말했다. "이곳의 저녁은 참으로 아름다워요, 제임스. 아래쪽 하늘을 봐요. 정말 맑아요!" 그때 고개를 돌린 나는 몇 발짝 떨어진 풀밭에 아녀가 서 있는 모습을 보았다. 붉은색과 보라색이 섞인 구름에 대비되어 아녀의 그림자 같은 형상이 선명하게 드러났다.

갑자기 울음을 터뜨리며 내 손을 꽉 움켜쥔 앤이 내 얼굴에 시선을 고정한 채 내가 무엇을 목격했는지 말해달라고 간청했다. 그 순간 아녀가 사라졌고, 나는 두 손으로 눈을 가리고 갑자기 심장이 경련을 일으켰다는 둥 궁색한 변명을 늘어놓으며 아내의 질문을 피했다. 사실, 아녀와의 만남이 나를 송두리째 뒤흔들어 놓았기 때문에 전적으로 거짓말은 아니었다.

앤은 내가 의사와 상담해야 한다고 말했다. "그렇게 괴로운 표정을 짓는 걸 보니, 위험하지는 않아도 틀림없이 끔찍한 일이에요. 제임스, 당신은 잠시 무시무시한 얼굴을 하고 있었어요."

나는 그녀에게 다시는 그 얘기를 꺼내지 말라고 애원했다. 그것은 나에게 극히 드물게 발생하는 일인데 딱히 치료법도 없다고 말했다. 하지만 이 말만으로는 그녀를 진정시킬 수 없었다. 결국 오늘 아침 허친슨 박사가 앤의 연락을 받고 왔다. 앤이 이 나이 지긋한 의사에게 내 상태를 설명할 때까지 나는 마음의 평화를 찾을 수 없었다. 그는 가까운 시일 내에 나와 상담하겠다고 약속했다. 의사는 나와 단둘이 있을 때 왠지 모르게 나에게서 정보를 빼내려 했고, 나는 어리석게도 그에게 말려들었다. 의사가 의심 가득한 눈빛으로 나를 쳐다보았다. 하지만 나는 그의 의도를 이해하고 웃으며 말했다. "선생님, 아니에요, 선생님, 아무 문제 없어요." 나는 장난스럽게 이마를 톡톡 두드리며 대답했다.

"유령 보기를 좋아하는 것만 빼면 전혀 문제없네." 그가 건조하게 대답했다. 하지만 대화를 나누는 내내 나는 내가 엄청난 노력이 필요한, 드러나지 않는 내밀한 감시의 대상이라는 사실을 알았다. 그런 상황에서 평정심을 유지하기는 어려웠고, 그역시 내가 겪는 내면의 갈등을 눈치챘다고 믿는다.

허친슨 박사가 앤과 따로 얘기하고 싶어 하는 듯해서 나는 그가 완전히 건물을 빠져나갈 때까지 내 시야에서 절대 벗어나지 못하게 함으로써 그의 계획을 무산시켰다. 내가 혼자 밖에 나가 있는 동안 그가 개인 상담을 제안하면 나는 즉시 앤에게 짐을 챙기라고 지시하고 당일 마을로 돌아오는 것으로 혹시라도 의사가 앤과 비공개 대화를 나눌 가능성을 원천 봉쇄했다. 그 후로 내 건강은 계속 나빠졌다. 의기소침하고, 지루하고, 불안하고, 모든 일에 완전히 지친 기분이 들었다. 앤이 무슨 말을 하든, 이런 감정이 지속된다면 남미로 가는 제안을 받아들이고 기회를 봐서 출발할 생각이다. 허친슨 박사가 환자를 보러 우리

집에 왔다가 새가 날아간 사실을 알면 어떤 표정을 지으려나.

1830년 8월 20일, 런던

이 비참한 상황이 멈추지 않는다. 어느 날은 온전히 견고하고 분명하게 나 자신을 통제하는 느낌이 들다가도 다음 날이면 가장 고통스러운 망상에 휩싸인다. 내가 눈을 돌리는 곳마다 아너의 유령이 보이고, 그녀는 이제 예전처럼 가만히 있지 않고 나에게 손짓해 내 몸을 부들부들 떨게 한다. 너무 고통스러워 죽을 것 같다. 지난 사흘 동안 나는 전혀 휴식을 취하지 못했다. 밤에는 끔찍한 악몽에 시달리느라 잠을 이룰 수가 없다. 앤이 나를 몰래 지켜본다. 그녀는 나와 단둘이 있는 상황을 최대한 피하려 애쓴다. 정확한 이유는 알 수 없지만, 앤의 두려움과 의심이 느껴진다. 오늘 그녀는 나에게 이곳에서 의사를 만나보라고 권유했고, 내가 남미에 가겠다고 대답하자 경멸이 가득 담긴 말투로 내가 남미에 갈 상태가 아니라고 대꾸했다. 이에 나는 그만 자제력을 잃고 그녀에게 손찌검하고 말았다. 그러자 그녀는 두려움에 움츠러들며 떨리는 목소리로 "제임스, 당신의 행동은 미친 사람이나 하는 짓이에요!"라고 말했다. 그 일이 있고 난 후로 그녀는 두려움에 떨며 내 옆에 앉아 나에게서 벗어나 누군가에게 자신의 고충을 털어놓기만을 갈망한다. 하지만 나는 앤이 그런 시도를 하지 못하도록 주의 깊게 감시할 것이다. 원수를 내 가정에 두지 않을 것이며, 몰래 염탐하는 친척이 하나님의 결합으로 하나가 된 우리를 떼어놓으려고 우리 사이에 끼어들지 못 하게 하리라.

1831년 3월 17일, 아카풀코

위의 글을 쓴 지도 6개월이 지났다. 그동안 나는 극심한 병에 걸려 정신적으로나 육체적으로 크나큰 고통을 겪었다. 하지만 이제 나는 모든 사람과 거리를 두는 데 성공했다. 광활한 대서양이 못된 아내에게서 나를 떼놓았기 때문에 나는 정신력을 모으고 일에 집중할 수 있게 되었다. 나는 아내가 나에게 보여준 행동을 절대 용서하지 않을 것이다. 버튼도 같은 배를 타고 똑같은 사업에 참여하게 되었다. 며칠간 휴식을 취하고 우리는 함께 일할 광산 지역으로 여행을 떠날 계획이다. 내 정신은 온전하고 선명하며 모든 지각이 다시 한번 생생하고 뚜렷하게 느껴진다. 불편함 없이 종일 연구에 집중할 수 있다. 나의 비참한 상태는 전적으로 간 때문이라는 사실이 밝혀졌고, 간이 치료되고 나니 모든 망상이 사라졌다. 엄플비는 그 증상이 지난 몇 달간 점진적으로 발전해 왔고, 내 망상은 전혀 특별한 것도 아니며, 그러한 질병은 종종 유사한 증상을 동반한다고 언급했다. 그런데도 앤은 비겁하고 악의적인 행동으로 나를 평생 정신 병원에 가두려 했다! 엄플비는 나를 구원해 준 사람이기에 잊지 않으려 내 유언장에 적어 기억하고 있다. 그래서 앤은 가족에게 돌아가는 것을 선택했다. 이제 가족이 그녀를 부양할 것이다. 내 자의에 따라 그녀는 내 평생 다시는 내 얼굴을 보지 못하리라.

이곳의 그림같이 아름다운 경치는 특별히 놀랄 만한 것은 아니다. 항구는 다양한 산으로 둘러싸였고, 로케타 섬에 의해 형성된 두 개의 입구가 있고, 언덕에 자리한 세인트 디에고 성이 마을과 만을 내려다본다. 버튼은 도착한 후 이 지역을 탐험했지만, 나는 더위가 너무 심해서 광범위하게 활동하기에는 무리라고 생각했다. 모든 힘을 쏟아야 할 내륙으로의 여정을 준비하며 에너지를 아껴두려 한다.

1831년 4월 24일, 멕시코

이곳은 예상했던 것보다 형편이 낫다. 버튼은 광산학교에서 공학 교사로 일하는 옛 동창을 만났고, 그곳에서 생각지도 못한 문명화된 오락거리를 접했다. 도시에는 고대 유물이 가득해서

버튼은 도보로 이곳저곳을 탐험하며 하루를 보낸다. 나는 개인적으로 이 독특한 장소의 활기찬 분위기에 더 매료되어 가끔 이른 아침에 시장에 나가 원주민들이 노점을 차리는 모습을 관찰하기도 한다. 무엇을 팔든, 그들은 신선한 허브와 꽃으로 가게를 장식해 녹음이 우거진 쉼터를 만든다. 그들은 과일을 바구니에 담아 바닥에 배와 건포도를 놓고 향기로운 꽃으로 덮어 진열한다. 원주민들이 배를 타고 해가 뜨는 시각에 맞춰 수상 정원의 풍성한 수확물을 싣고 도착하는 장면은 한 폭의 아름다운 그림을 연상시킨다. 다음 주에는 버튼과 그의 친구, 그리고 나 이렇게 셋이 모란과 레알 델 몬테의 광산으로 여행을 떠날 계획이다. 개인적인 사정으로 출발을 미루고 싶었지만, 버튼이 고집을 부렸다. 그는 우리가 이미 필요 이상으로 오래 기다렸다고 믿었다.

1831년 7월 4일, 모란

이곳이 지긋지긋하지만, 여기 일이 거의 마무리 단계에 이르러 며칠 후면 과나마토 광산으로 탐험을 떠날 것이다. 책임자, 버튼, 그리고 나 자신은 현재 매우 비효율적으로 이루어지는 광산 운영을 개선하면 엄청난 이득을 얻는다는 데 동의한다. 하지만 안타깝게도 250~350파운드에 달하는 무거운 금속을 등에 짊어진 원주민 노동자들의 사망률은 매우 높다. 그리고 일흔이 넘은 노인부터 어린아이까지 줄을 지어 수천 개의 계단을 오르내린다. 이곳에서 예전의 증상이 다시 발현되며 건강이 좋지 않았지만, 적절한 치료를 통해 증상이 가라앉았다. 하지만 나는 다시 다른 곳으로 이동하기를 간절히 바란다.

1831년 8월 11일, 파스쿠아로

과연 어떤 사람이 자신의 생각, 자신의 마음을 짓누르며 악마처럼 조롱하는 불가사의한 저주를 피할 수 있을까? 나는 내 생각에서 벗어날 수 없다. 어제 나는 종일 끔찍한 불안과 두려움에 시달렸다. 매 순간 아너 리빙스턴이 내 앞에 나타나리라 생각했지만, 그녀는 보이지 않았다. 낮과 밤이 지나고 마침내 나는 그 압도적인 공포에서 해방되었고, 그 공포가 흔적도 없이 사라지기 전까지 그것의 진정한 규모를 완전히 파악하지 못했다. 아침이 밝아오자, 나의 진정한 자아가 돌아오고 내 영혼이 활력을 되찾고 있음을 느낀다. 나는 적을 피할 수 있었고, 그것이 내 몸과 마음의 문제를 미묘하게 표현한 것에 지나지 않음을 깨달았다. 하지만 이 생각, 이 귀찮고 끈질긴 생각을 어떻게 이겨낼까? 항상 관찰자로서 나를 지켜보던 버튼이 어제는 심문

자가 되어 나를 지켜보았다. 그는 이 지역에 만연한 무서운 열병에 대해 우려를 표명했지만, 나는 그의 말에 근본적인 의미가 있음을 느꼈다. 이제 나는 앤과 그 모든 주변 사람이 우리가 항해하기 전에 내가 미쳤다고 주장하며 나를 조심하라고 경고했다는 사실을 의심하지 않는다. 저들이 얼마나 저주받은 거짓말을 퍼뜨렸는지! 미쳤다! 온 세상이 미쳤거나 미쳐가고 있다!

아너가 어제 나에게 돌아왔다면 우리는 찜통 같은 호루요를 헤치고 지옥의 깊은 곳을 내려다보았을 것이다. 선교사들은 오래전에 이곳에 끔찍한 저주를 내렸고, 실제로 다른 어떤 땅과도 비교할 수 없을 정도로 저주받았다. 이 황량하고 뜨거운 황무지보다 더 무서운 것은 없으며, 바다조차 그 뜨거운 기운을 진정시킬 수 없었다. 어제 내가 견뎌낸 모든 것을 떠올리면 혼란과 공포가 다시 밀려오고 내 머리는 술 취한 사람의 머리처럼 흔들린다. 나는 약속한 시각이 지니도록 아너 리빙스턴이 나타나지 않았으며 그녀가 나와의 약속을 지키지 않았다는 사실을 기록하기 위해 더는 일기를 쓰지 않으리라.

1832년 2월, 뉴올리언스

버튼은 멕시코에 남아 있고 나 혼자 이곳에 왔다. 그의 걱정과 사려 깊음은 내가 참을 수 있는 이상이었고, 두세 번의 무익한 불만을 표출한 끝에 우리는 극심한 불화에 이르렀고, 나는 그런 남자와 계약을 이행하기보다 포기하기로 했다. 다툼은 피할 수 없었다. 내가 매일 끊임없이 지시를 받고 포도주병을 빼앗기는 수모를 견딜 수 있을까? 그는 감히 내가 냉정하고 정신이 맑을 때는 우리 분야에서 자기만큼이나 타의 추종을 불허하지만, 내가 마음대로 술을 마시면 미치광이처럼 감당할 수 없다고 말했다! 물론 거짓말이지만, 파렴치한 가해자들을 피하기는 어렵다. 앤의 악의는 여기에서도 계속 나를 괴롭힌다. 어제는 가는 곳마다 미행당하고 있음을 알았고, 아마도 내 행동과 관련한 정보가 나보다 먼저 집에 도착할 수도 있지만, 그런 일이 발생하더라도 나는 흔들리지 않는 결의로 어떤 결과에도 직면하기로 했다.

1839년 8월 9일, 애션델

오늘, 이 낡은 일기장을 발견했다. 스페인과 러시아에서 긴 세월을 보내는 동안 런던에 오랫동안 보관되어 있던 소지품들 사이에 뒤섞여 있었다. 말도 안 되는 주절거림으로 가득 차 있지만, 그 당시에는 어느 정도 사실이었던 것 같다. 멕시코와 미국에서 지내는 동안 내가 비참한 상태에 있었다는 것은 인정하지만, 볼티모어에서 병을 앓고 난 후로는 온전한 정신과 건강을 되찾았다. 그래서 과거의 공포가 나에게 거의 영향을 미치지 않았다는 것을 보여주기 위해 아너 리빙스턴이 스스로 목숨을 끊은 바로 그 계절에 애션델에 왔다. 내일은 그녀의 기일이다. 나는 적의 멱살을 잡고 짓밟을 것이다! 이 망상은 단호한 결심을 거스르지 못하리라. 모스크바, 헤르손, 아르한겔스크에서는 8월 10일이 의미 없이 지나갔다. 리스본을 제외한 모든 장소에서 아너의 위협은 소용이 없었다. 리스본에서 출발하기 직전에 그녀를 두 번 만났다. 난파를 간신히 피해 위험한 해안선을 따라 항해하는 동안 그녀의 존재를 목격했다. 앤을 만나기로 한 날 런던에서도 그녀가 보였다. 하지만 나는 그것이 몇 주 동안 엄플비의 보살핌을 받으면 곧 사라질 망상임을 안다. 그것은 내 마음에서 비롯되었으며, 내가 그녀를 내 의식 속에 고정된 관념으로 받아들이도록 허용했기에 아너의 형상으로 나타난다. 하지만 무엇보다 특이했던 점은 그녀가 마지막으로 내 앞에 모습을 드러냈을 때 그녀의 목소리가 분명하게 들렸다는 사실이다. 마치 약속한 시각이 다가오고 있다고 경고하는 목소리로 내게 속삭이는 듯했다. 그러고는 더 크게 "제임스, 난 애션 폭포로 갈 거야. 당신이 올 때까지 괴롭히겠어!"라고 말했고, 순식간에 내 시야에서 사라졌다. 망상은 기묘한 환영으로 양심만큼이나 영리하게 우리를 겁쟁이로 만들어 버린다.

   온종일 계속되는 불쾌한 감정에 시달렸다. 린칠리의 설득을
더 단호하게 거부하지 못해 못내 후회된다. 이곳으로 돌아오지
말았어야 했다. 그 고통스러운 기억은 내가 감당하기에는 너무
나 견디기 힘들다. 오늘 아침 여관 주인이 내 이름을 부르며 나
를 알아본다고 말했는데, 그의 시선은 교회에 고정되어 있었다.
젠장! 오늘 하루 무의식적으로 행동한 듯한 기분이 든다. 그런
데 왜 오늘 오후에 그곳에 가야 한다는 강박감이 들까? 묘비 사
이를 헤매다가 결국 교회 마당의 북쪽 가장자리에 있는 푸른 언
덕, 즉 그날 밤 엄숙한 기도도 없이 아너가 묻힌 그 자리에 도
착했다. 낮은 담벼락에 앉아 강 너머로 펼쳐진 언덕을 바라보며
폭포의 단조롭고 잔잔한 물소리를 들었다. 오늘 지나간 내 인생
의 수십 년을 되돌리거나 지울 수만 있다면 내가 가진 모든 것
을 기꺼이 포기할 것이다. 허무한 느낌이 든다. 그 모든 것을 계
획하고도 얻은 것이 거의 없다니! 아너의 안식처 옆에 서서 나
는 아너의 삶을 되돌아보았다. 우리 둘 중 누가 이런 불행을 당
할 만한 일을 했을까? 어떤 사람이 극심한 고통을 견뎌야 하는
반면 다른 누군가가 상처를 입지 않는 것은 삶에 내재한 본질적
인 불공평이다. 교회 북쪽의 거친 풀은 다듬지 않은 채로 방치
되어 쐐기풀과 가시덤불이 무덤을 덮었다. 불쌍한 영혼, 아너

는 미쳐 날뛰었다. 그녀가 희망을 품고 죽었다고 믿는 것이 금지되었더라도 그녀의 안식을 위해 기도할 수는 있었을 텐데. 오늘 나는 그녀를 위해 기도했다. 아니, 어쩌면 나 자신을 위해 기도해야 할 필요성이 더 컸는지도 모른다. 하지만, 그 순간 광기가 내 마음을 사로잡아서 린칠리를 찾아야만 했다. 내가 물가로 다가갈수록 폭포의 물소리는 더욱 요란해졌다. 숨이 막힐 정도로 공기가 뜨거워서 강변을 걷고 싶었지만, "아니, 오늘은 8월 10일이야!"라고 혼잣말하며 유혹을 뿌리쳤다. 오늘 내가 아너 리빙스턴을 만나야 할 운명이라고 해도 애셴 폭포에서는 안 돼! 그래서 나는 숙소로 돌아왔지만, 린칠리가 워프로 떠났고, 내일까지 돌아오지 않는다는 메시지를 남긴 사실을 알았다. 이제 나는 밤새 홀로 있어야 한다. 영국의 밤과는 조금도 닮지 않았고, 오히려 항상 폭풍우가 몰아치던 카디스의 밤이 떠올랐다. 이곳에서도 동이 트기 전에 폭풍이 몰아칠 듯하다.

* * *

이것이 제임스 로런스가 마지막으로 남긴 말입니다. 이 시점 이후로는 아무도 그의 죽음에 대해 자세히 이야기할 수 없습니다. 분명한 것은 그가 리스본을 떠나기 전부터 광기 어린 행동이 시작되었다는 것입니다. 그가 이곳에 도착하면서 광기는 점점 더 심해졌고, 결국 절정에 달한 광기가 그를 최후로 몰고 갔습니다. 나는 제임스 로런스가 겪은 유령의 존재를 굳게 믿는데, 한 인간을 끔찍한 죄악으로 몰아넣은 중대한 악행의 끈질긴 영향력을 믿기 때문입니다.

데이비드 폴리스가 발언을 마치자, 회장은 누가 끼어들세라 재빨리 네모 팽이를 돌렸고, 팽이는 술잔 사이사이와 테이블 구석구석을 빙글빙글 돌다가 결국 조르간 선장 양복 조끼에 떨어졌다.

"이런, 맙소사!" 선장이 양복 조끼에서 네모 팽이를 꺼내며 말했다. "당장 할 이야기가 없는데 이걸 어쩌나? 내가 아는 이야기라곤 뉴잉글랜드 지역에서 일어난 일뿐인데, 그렇다고 나 자신이나 내 친구 중 누군가에게 일어난 일은 아닙니다. 적당히 미치지 않고서는 내 이야기를 즐길 수 없을 겁니다. 여러분 준비되었습니까?"

회장이 자리에서 일어나 예비 의견을 제시하지 못하도록 자신의 특권을 주장하며 끼어들었다.

"그러면," 조르간 선장이 말했다 "회장님의 의견에 따르겠습니다. 대통령조차 모든 면에서 맹비난을 받는 우리나라에서는 전혀 하지 않는 방식입니다." 이 시점에서 그가 다리를 찰싹 때렸다. "하지만 예비 질문이 하나 있습니다. 조금 전 폴리스 대령이 일기장을 읽어주었는데, 나는 파이프 불쏘시개에 쓴 글을 읽어도 되겠습니까?"

회장이 설명을 요구했다.

선장이 말했다. "파이프 불쏘시개에 적힌 글은 그냥 내가 데려온 한 승객이 집으로 돌아가는 항해 중에 지은 시 구절입니다. 그 사내는 상냥한 표정의 조용한 중년 남성이었습니다. 그가 술통 위에 이 시를 썼는데, 정말 오랜 시간 공을 들였습니다. 마치 끝없이 쏟아지는 잉크로 글씨를 쓰듯이 글이 계속 번져 나갔습니다. 그러다가 소화불량에 걸렸는데, 주변에 더 좋은 의사가 없어서 내가 의사 노릇을 해주었더니 호의의 표시로 그 글을 깔끔하게 옮겨 적어 나에게 파이프 불쏘시개를 하라며 주었습니다. 하지만 불을 붙여본 적은 없습니다. 사실입니다."

"읽어주세요," 회장이 말했다.

"폴리스 대령이 훌륭한 모범을 보여준 데 대해 감사의 말을 전하며, 이 승객이 자기 생각을 시로 표현한 점에 대해서는 존경하는 A. 파비스와 지금 여기 있는 모든 분께 사과의 말을 전합니다. 뱃멀미 때문일 수도 있지만, 그는 파이프 불쏘시개에 다음과 같이 썼습니다."

우리는 타오르는 불 주위로 모여드네,
방 안의 활기찬 젊은이들의 춤사위와 함께,

한기와 두려움도 모른 채.

슬픔도 없고 빛처럼 순수하네,

그들은 잠 못 이루는 밤의 두려움도,

배의 잔해로 뒤덮인 파도 위에서의 불안한 꿈도 꾸지 않네.

우리는 황금처럼 화려하고 붉게 타오르는 난로 주위로

모여들어,

우리가 사랑하는 전설을 이야기하네,

고귀한 승리와 악당의 가치에 대해,

악한 자들의 마을이 함락한 곳에 대해.

우리는 빵을 떼고 포도주를 따르며 하나님을 찬양하고,

무덤에 잠든 영웅들을 기리네.

그리고 우리는 강력하고 교만했던 왕들에 대해 이야기하네,

약탈하고 통치하고 운명을 맞이한 왕들.

그리고 그들에게 계속해서 반란을 일으킨 평민들에 대해

이야기하네.

아마도 비슷한 자부심으로 그랬으리라….

왕들은 우뚝 솟은 교회를 세웠지만,

반란을 일으킨 평민들은 길목에 누워 있네.

그런데도 전제군주와 어느 정도 자유로운 노예들 사이에서,
고대의 진리는 울림 있는 메시지를 담고 있을지도 모르네.
단단한 검은 주목과 유연한 어린나무를 위해,
시대를 초월해 영원하리라.
힘과 풀잎은 서로 멀리 떨어진 존재 같지만,
자연의 영역에서는 서로 밀접하게 연결되어 있네.

시대를 초월한 진리의 메시지는 다음과 같으니라.
"지위를 막론하고 인간애를 믿어라,
왕좌에 앉은 왕이든 무릎 꿇은 농노든,
우리 주님의 자비로운 빛이 풍성하게 비추는 동안,
거친 바위와 고요한 계곡 위에, 모래사장과 끝없는
바다 위에."

그들은 목소리를 소중히 여기며 마음속으로 노래하네,
귀에 익은 곡조로.
우리는 그 노랫말을 들으며 꿈을 꾸네,
우리만의 이야기를 들려주네….
끔찍한 바다 저 멀리 한밤중에 벌어진 이야기,
그들이 만끽한 희미한 옛 기쁨의 선율에 맞춰 돌아오네.
언덕만큼이나 오래되고 하늘만큼이나 오래된,

왕좌에 앉은 왕과 무릎 꿇은 농노처럼,

부자와 가난한 자가 함께 부르는 노래,

그 후렴구는 그들을 웃게도 하고 울게도 하네….

젊은이들은 아무 근심 없이 노래하네,

끔찍한 바다 위의 밤.

"나는 아무도 신경 쓰지 않아. 그래, 나는 아무도 신경 쓰지

않아, 아무도 나를 신경 쓰지 않으니까."

———

폭풍이 휘몰아치네. 배가 난파되고 필사적인 탈출이

이어졌네.

칠흑 같은 어둠을 뚫고 알프스의 바다 너머,

튼튼한 배가 심해에 가라앉고 몇 명만이 살아남았지,

작은 배에 올라 끔찍한 바다에 맞섰네.

날이 밝자 바다는 피로 물들었네,

맹렬하게 타오르는 태양 때문이었네.

하늘은 마치 지옥의 불을 지핀 듯 불타올랐고,

바다 위에는 뜨거운 고요가 내려앉았네,

마치 파멸이 승리한 듯 사악한 기쁨으로,

죽은 자를 세기 위해 배를 타고 항해했네.

그들은 끔찍한 바다 위로 배를 저어 나갔네,
유령 선원들처럼 말없이.
그들 중 가장 용감한 사람조차 목소리를 찾을 수 없었네,
육지가 5백 마일이나 떨어져 있었기에.

일주일하고도 하루, 한 사람에게 주어진 빵이 있었네.
물이 말랐네. 위험한 바다에서 배를 저어가는 사람들 사이에
서 속삭임, 저주, 절박한 탄원이 쏟아졌네.
어떻게 결정이 내려졌는지는 아무도 모르네,
하지만 허약하고, 굶주리고, 햇볕에 그을린 선원들은 안다네,
무자비한 태양 아래에서, 제비를 뽑아 그들의 소름 끼치는
운명을 결정했네,
내일은 끔찍한 잔치가 기다리네.

그 얼굴들은 끔찍한 표정으로 가득 찼네,
절망적인 희망과 기만적인 자부심으로 가득했지,
내면의 깊은 공포를 감추고 있었네.
그리고 마치 죽은 자들이 벌이는 게임처럼 침묵이 내려앉았네,
제비뽑기를 기다리며 운명이 결정되기를 기다렸지….

무서운 바다에 떠 있는 그 배에는 아홉 명의 영혼이 있었네,
아홉이라는 숫자를 뽑은 사람이 희생자였네.

그 순간 얼마나 끔찍한 전율이 흘렀는지 상상할 수 있는가?
한 선원에서 다른 선원으로 끔찍한 운명이 던져졌을 때.

6—야생 장미 같은 뺨을 가진 아내가 있었네.
2—겨우 한 살 된 용감한 소년이 있었네.
8—불구의 연약한 막내 여동생이 있었으며, 추위뿐만 아니
라 중풍으로 마비된 몸을 더 떨고 있었네.

잠시나마 운명을 비껴간 선원들은 얼마나 숨을 돌렸을까,
그리고 숨죽인 채 앉아 있는 나머지 동료들.
숫자를 부르는 목소리가 얼마나 더 쉬었고 느릿느릿했던가.
그다음에 차마 떨어지지 않는 입으로 4를 불렀네.

노를 능숙하게 젓는 막돼먹은 흑인으로,
그 무시무시한 바다에서 몇 안 되는 최고의 뱃사공이었지.
그의 입술은 작열하는 태양 아래에서 건조하고 거칠었네,
그의 작은 눈은 작고 칙칙했고,
거친 머리카락은 헝클어졌네….

다음 사람이 숨을 거두기 전에,
그의 외침이 날카로운 칼처럼 고요를 갈랐네.

"4번으로 게임을 끝내자.
제비뽑기는 왜 할까? 운이 좋은 소수의 사람은 계속 살아라,
구원받을 소망을 품은 자와 아이들의 요람 너머로 울어줄
아내가 있는 사람은!
집 없는 이들이야 죽든, 육지나 바다의 먹이가 되든
무슨 상관인가?
나는 아무도 신경 쓰지 않아. 아니, 나는 아무도
신경 쓰지 않지. 아무도 나를 신경 쓰지 않으니까."
그리고 그 순간 휘두른 칼, 심장을 뚫었네….
차가운 검은 육체 위로 따뜻한 붉은 피가 쏟아졌네,
기근이 일시적으로 멈췄네,
끔찍한 식사에 만족하며 하루를 더 버텼네!

———

그렇게 영양을 공급받은 여덟 명은 마침내 육지에 도착했네,
그리고 선원들이 이야기를 들려주었네,
모든 걸 태워버릴 듯한 뜨거운 모래에서 찾은 물로는

추위와 목마름을 해소할 수 없었다고.
하지만 듣는 이의 연민은 안전하고 자유롭고,
무서운 바다에 갇힌 포로에게 손을 내 미네.

집에서, 그리고 따뜻한 난롯가에서 듣는 이야기는
옆길로 새니까,
춤과 노래는 손이 닿는 곳에 있지만,
경쾌한 곡조와 함께 전해지는 엄숙한 이야기는
젊은이들을 겁먹게 할 수 없네.
그들이 맑은 목소리로 노래하는 동안,
다시 한번 즐거운 옛 멜로디를 부르네…,
"나는 아무도 신경 쓰지 않아, 그래, 나는 신경 쓰지 않아,
아무도 나를 신경 쓰지 않으니까."

하지만 조심성 없는 곡조는 늙은이들에게 말해주네,
그들은 황금빛 불꽃의 따뜻한 난로 주위에 모여 있네,
그들이 끔찍한 바다 이야기를 생각할 때.
"사회적 지위와 상관없이 인간에 대한 믿음을 굳건히 지키게,
위엄 있는 왕좌에 앉은 왕이든, 무릎 꿇은 신하든,
자비로운 주님은 모두에게 축복을 베푸네,
폭풍우와 고요를 뚫고서 육지든 광활한 바다든."

파비스 씨가 잠시 코를 심하게 골며 가벼운 뇌졸중 증세를 보여서 (이는, 가벼운 증상으로, 정상적인 건강 상태였다) 젠틀맨 킹 아서스 회원들을 매우 불안하게 했다. 그래서 그를 깨워 집까지 바래다줄 수 있게 해달라고 요청하는 것이 적절하다고 여겨졌다. 이 우호적인 제안에 대한 파비스 씨의 답변은 여러 번의 대시 기호의 도움 없이는 기록으로 남길 수 없기에 생략한다. 그것은 가장 깊은 심연에서 뿜어져 나오는 짜증인 듯했고, 격렬하게 경멸, 멸시, 혐오감을 표출했다. 결국 회원들은 파비스 씨를 그냥 내버려둘 수밖에 없었고, 그는 곧바로 거침없이 잠에 빠져들었다.

다시 회전하던 네모 팽이가 윙윙 소리를 내며 젊은 어부를 가리켰다. 그러자 조르간 선장은 그에게 불쾌한 일이 생길 수 있으니 준비하라고 경고했다. 하지만 팽이는 회전이 끝날 무렵 갑자기 방향을 바꾸더니 수염을 기른 잘 차려입은 남자 앞에 떨어졌다. 이 남자는 (조르간 선장은 옆 사람으로부터 그가 기계 기술 도면을 작성하는 사람이라는 정보를 얻었다) 기꺼이 도전을 받아들인다는 듯 곧바로 팽이를 집어 들었다.

"오즈월드 펜레윈!" 회장이 외쳤다.

"드디어 비기독교도 차례가 왔어!" 선장이 알프레드 레이브록에게 속삭였다. "비기독교도 어서 해, 당신은 똑똑하잖아, 안 그래?"

오즈월드 펜레윈은 사전 발언 없이 곧바로 이야기를 진행했다.

나의 형이 겪은 유령 이야기입니다. 약 30년 전, 형이 스케치북을 들고 알프스 고지대를 배회하며 스위스에 관한 삽화 작업의 주제들을 수집하고 있을 때 일어난 일입니다. 형은 브뤼닉 고개를 넘어 오버란트로 들어가 마이링겐 근처에서 다양한 스케치를 수집한 후 그레이트 샤이덱을 넘어가 해가 지고 45분이 지난 9월 어스름한 저녁에 그린델발트에 도착했습니다. 그날 장이 열려서 마을이 붐볐습니다. 가장 좋은 여관이 만실이라(30년 전 그린델발트에는 여관이 두 곳밖에 없었습니다) 형은 교회 근처 복개 다리 끝에 위치한 여관을 찾아갈 수밖에 없었습니다. 그곳에서 그는 어려움을 겪은 후에 이미 다른 세 명의 여행자가 사용하고 있던 방에서 깔개 뭉치와 매트리스를 확보했습니다.

아들러는 바깥에 굉장히 어지러운 회랑이 있는 반은 농장이고 반은 여관인 옛날 방식의 숙소로 헛간처럼 생긴 널찍한 일반실이 있었습니다. 이 방의 위쪽 끝에는 금속으로 된 조리대같이 생긴 긴 난로가 서 있었는데, 난로 위에는 김이 모락모락 나는 납작한 냄비가 놓여 있었고, 그 아래에서는 용광로처럼 빛나는 불이 이글거렸습니다. 이 방의 아래쪽 끝에는 주로 산악인, 마부, 가이드 등 30~40명 정도 되는 손님들이 옹기종기 모여 앉아 담배를 피우고 음식을 먹으며 이야기를 나누고 있었습니다. 그 가운데 자리 잡은 나의 형은 다른 사람들과 마찬가지로 수프 한 그릇, 소고기 한 접시, 현지에서 생산한 포도주 한 병, 인도 옥수수로 만든 빵 한 덩이를 받았습니다. 곧바로 커다란 세인트버나드 품종의 개 한 마리가 다가오더니 형의 팔에 다정하게 코를 갖다 대었습니다. 그 사이 형은 바로 옆에 앉아 있던 구릿빛 피부에 짙은 색 눈동자를 가진 이탈리아 청년들과 대화를 나누었습니다. 그들은 피렌체 출신으로 이름은 스테파노와 바티스토였습니다. 몇 달 동안 여행하며 카메오,[20] 쪽매 세공품, 유황주물 등 이탈리아의 소소한 물건들을 위탁 판매했고, 지금은 인터라켄과 제네바로 향하고 있었습니다. 추운 북쪽 날씨에 지친 그들은 어린아이처럼 사랑하는 푸른 언덕, 고요한 올리브 숲, 베키오 다리 위의 작업장, 아르노강변에 자리 잡은 소중한 집으로 돌아갈 날만을 손꼽아 기다렸습니다.

나의 형은 이 두 젊은이와 숙소를 공유한다는 사실에 안심했습니다. 세 번째 투숙객은 이미 얼굴이 벽을 향한 채 잠들어 있었습니다. 그들은 그에게 거의 관심을 기울이지 않았습니다. 여행에 지친 그들은 라우터브루넨까지 벵게른 알프스를 가로질러

---

20 양각으로 아로새긴 보석 · 조가비 등을 일컫는다

함께 걷기로 약속한 터라 새벽에 모두 일어날 수 있을지 걱정했습니다. 그래서 잠시 잘 자라는 인사를 나눈 후 형과 두 젊은이는 한 방에 있는 정체불명의 다른 투숙객처럼 빠르게 꿈나라로 빠져들었습니다.

깊이 잠들었던 형은 아침에 흥겨운 목소리로 떠들어대는 소리를 듣고 잠에서 깨어 약간은 멍한 상태로 양탄자에 앉아 자신이 어디에 있는지 궁금해했습니다.

"좋은 아침입니다, 시뇨르." 바티스토가 외쳤습니다. "우리와 동행할 여행자입니다."

"크리스티엔 바우만입니다. 칸데르스테그 출신으로 오르골을 만들어 팔며 키는 5피트 11인치입니다. 도움이 필요하면 언제든 말해요." 전날 밤 먼저 잠자리에 들었던 남자였습니다.

그는 보기만 해도 흐뭇해지는 멋진 청년이었습니다. 균형 잡힌 몸매, 호리호리하고 탄탄한 체격, 매력적인 갈색 곱슬머리, 말할 때마다 진지하게 반짝이는 눈동자는 춤을 추는 듯 생동감이 넘쳤습니다.

"좋은 아침입니다." 형이 인사를 건넸습니다. "어젯밤 도착했을 때는 잠들어 있더군요."

"그랬습니다! 종일 장터에서 시간을 보내고 전날 저녁 마이링겐에서 걸어온 걸 생각하면 당연한 일이지요. 정말 대단한 장이었습니다!"

"정말 대단했습니다." 바티스토가 외쳤습니다. "어제는 카메오와 쪽매 세공품을 거의 50프랑에 팔았습니다."

"아, 두 분은 카메오와 쪽매 세공품을 파는군요. 카메오를 보여주면 내 오르골 컬렉션을 보여주겠습니다. 뚜껑에 제네바와 시용의 화려한 풍경이 그려진 멋진 오르골이 몇 개 있습니다. 두 곡, 네 곡, 여섯 곡, 심지어 여덟 곡까지 연주합니다. 짠! 내가 콘서트를 열어주겠습니다!"

그가 짐을 풀고 테이블 위에 작은 상자를 진열한 다음 이탈리아 사람들의 환호를 받으며 오르골을 하나씩 감았습니다.

"모두 직접 만들었습니다." 그가 자랑스럽게 말했습니다. "이 음악이 사랑스럽지 않나요? 가끔 잠자리에 들기 전 그중 하나를 틀어놓고 잠이 들기도 합니다. 기분 좋은 꿈을 꾸게 해줍니다! 이제 여러분의 카메오를 살펴보지요. 너무 비싸지 않으면 마리를 위해 하나 사줄까 합니다. 마리는 내 애인인데, 우리는 다음 주에 결혼합니다."

"다음 주!" 스테파노가 외쳤습니다. "정말 얼마 안 남았군요. 바티스토도 임프루네타에 애인이 있습니다. 그런데 반지를 살 때까지는 더 기다려야 해요."

바티스토가 소녀처럼 얼굴을 붉혔습니다.

"그만, 아우야!" 그가 말했습니다. "크리스티엔에게 카메오를 보여주고, 넌 그 입 좀 다물어!"

하지만 크리스티엔은 쉽게 넘어가지 않았습니다.

"그녀의 이름이 뭡니까?" 크리스티엔이 물었습니다. "아, 바티스토, 이름 좀 말해줘요! 예뻐요? 피부색이 어두운가요, 새하얀가요? 집에 있을 때 자주 만납니까? 당신에게 정말 애정이 깊나요? 마리가 나를 사랑하듯 당신을 깊이 사랑합니까?"

"아니, 내가 그걸 어떻게 압니까?" 더 신중한 바티스토가 되물었습니다. "그녀는 나를 사랑하고, 나도 그녀를 사랑합니다. 그게 다예요."

"그래서 이름이 뭡니까?"

"마르게리타."

"매력적인 이름이군요! 장담하건대 이름만큼이나 얼굴도 예쁠 겁니다. 새하얀 피부라고 했나요?"

"그런 말은 안 했습니다." 바티스토가 쇠로 고정한 초록색 상자를 열고 예쁘장한 상품들이 담긴 그릇을 차례로 꺼내며 말했습니다. "여기 있습니다! 작은 조각들이 박힌 이 그림들은 모두 로마의 쪽매 세공품입니다. 검은 바탕 위의 꽃은 피렌체의 것이고요. 바닥이 단단하고 어두운색의 돌로 되어 있고, 꽃은 벽옥, 오닉스, 홍옥 등의 얇은 조각으로 되어 있습니다. 예를 들어, 물망초는 터키옥의 조각들이고 양귀비는 산호 조각에서 잘라냈습니다."

"나는 로마의 쪽매 세공품이 가장 마음에 듭니다." 크리스티엔이 말했습니다. "모든 아치가 있는 저곳은 어디입니까?"

"이건 콜로세움이고, 그 옆은 성 베드로 성당입니다. 하지만 우리 피렌체 사람들은 로마의 작품에 큰 관심을 기울이지 않습니다. 우리 것만큼 정교하거나 가치 있는 작품이 아니니까요. 로마인들은 혼합물을 사용해 쪽매 세공품을 만듭니다."

"혼합물이든 아니든 나는 아담한 풍경이 가장 마음에 듭니다." 크리스티엔이 말했습니다. "거기 뾰족한 건물에 나무와 산을 배경으로 한 풍경이 아름답습니다. 마리를 위해 그 그림을 선물하고 싶군요!"

"8프랑에 가져가요." 바티스토가 대답했습니다. "어제는 두 개를 각각 10프랑에 팔았습니다. 그건 로마 근처에 있는 카이우스 세스티우스의 무덤을 상징합니다."

"무덤이라고요!" 적지 않게 실망한 크리스티엔이 반복했습니다. "이런! 신부에게 주는 선물치고는 음울하군요."

"당신이 입만 꾹 다물고 있으면 신부는 그게 무덤인지 짐작조차 못 할 겁니다." 스테파노가 제안했습니다.

크리스티엔이 고개를 저었습니다.

"그건 그녀를 속이는 것과 다름없습니다." 크리스티엔이 말했습니다.

"아닙니다." 형이 끼어들었습니다. "그 무덤의 주인은 1,800년이나 1,900년 동안 죽어 있었습니다. 그가 그 무덤에

묻힌 사실을 아는 사람은 거의 없습니다."

"1,800년이나 1,900년 동안? 그러면 그는 이교도였습니까?"

"그리스도 이전에 살았다는 뜻이라면 그렇겠지요."

크리스티엔의 얼굴이 바로 밝아졌습니다.

"아, 그러면 됐습니다." 크리스티엔이 작은 캔버스 지갑을 꺼내 바로 비용을 지불하며 말했습니다. "이교도의 무덤은 무덤이 아예 없는 것과 마찬가지입니다. 인터라켄에서 그녀를 위해 브로치로 만들어 줄 겁니다. 자, 바티스토, 마르게리타를 위해 이탈리아로 무엇을 가져갈 겁니까?"

바티스토가 웃으며 8프랑을 챙겼습니다. "그건 물건이 얼마나 팔리느냐에 달렸습니다." 그가 말했습니다. "지금부터 크리스마스까지 수익을 많이 내면 베른에서 스위스산 모슬린을 가져다줄지도 모르지요. 하지만 우리는 벌써 7개월이나 떠나 있었고, 경비보다 많은 1백 프랑 이상은 벌지 못했습니다."

그렇게 대화는 좀 더 평범한 주제로 옮겨갔습니다. 피렌체 사람들은 자신들의 보물을 잠갔고, 크리스티엔은 다시 짐을 챙겼고, 나의 형과 다른 사람들은 모두 함께 내려가 야외에서 아침 식사를 즐겼습니다.

청명한 하늘과 눈 부신 햇살이 내리쬐는 멋진 아침이었습니다. 상쾌한 바람이 현관의 덩굴 사이로 바스락거렸고, 테이블 위로는 푸른 잎의 그림자가 드리워졌습니다. 사방으로 목초지

가장자리까지 내려온 청백색 빙하가 웅장한 산들과 함께 우뚝 솟아 있었고, 짙은 소나무 숲이 경사면을 따라 올라갔습니다. 왼쪽에는 베터 호른이, 오른쪽에는 아이거가, 정면에는 눈부시고 영원한 은빛의 오벨리스크처럼 빛나는 슈렉 호른, 즉 공포의 봉우리가 있었습니다. 아침 식사를 마치고 여주인과 작별 인사를 나눈 후 각자 손에 등산용 지팡이를 들고 벵겐 알프스를 향해 길을 떠났습니다. 반은 빛으로, 반은 그림자로 뒤덮인 계곡에는 농장이 여기저기 흩어져 있었고, 빙하에서 녹아내린 유백색의 돌진하는 급류가 계곡을 가로질렀습니다. 세 젊은이는 앞으로 힘차게 걸었고, 그들의 웃음소리는 때때로 합창하듯 울려 퍼졌습니다. 하지만 형은 우울함을 느꼈습니다. 뒤처져 걷던 그는 강변에서 작은 붉은 꽃 한 송이를 꺾어, 마치 시간의 흐름에 떠다니는 삶 같은, 급류에 휩쓸려가는 꽃이 빠르게 사라지는 모습을 지켜보았습니다. 그들의 마음은 평온한데 그의 마음은 왜 이렇게 무거운 걸까요?

시간이 지날수록 형의 우울함과 젊은이들의 희열이 점점 커지는 듯했습니다. 젊음과 희망으로 가득 찬 그들은 즐거운 미래에 관해 이야기했고, 주위를 온통 유쾌함으로 채웠습니다. 말이 많아진 바티스토는 마르게리타와 결혼해 쪽매 세공품 거장이 되는 것이 인생에서 가장 소중한 꿈이라고 말했습니다. 사랑에 빠지지 않은 스테파노는 여행을 더 좋아했습니다. 가장 부유해 보이던 크리스티엔은 고향인 칸데르 계곡에 있는 농장을 빌려 아버지들의 가부장적인 삶을 사는 것이 그의 간절한 야망이라고 선언했습니다. 오르골 장사에 관해서는 그에 대한 답을 얻으려면 제네바에서 살아야 한다고 말했고, 그로서는 유럽의 어떤 마을보다 소나무 숲과 눈 덮인 봉우리들을 더 사랑한다고 했습니다. 마리 역시 산속에서 태어났는데, 만약 그녀가 자신이 다시는 칸데르 탈을 볼 수 없고 평생 제네바에서 살아야 한다는 것을 알게 되면 그녀의 마음이 아플 거라고 말했습니다. 그렇게 이야기를 나누던 중에 아침이 지나 정오가 되었고, 무리는 회녹색 이끼가 낀 거대한 전나무 숲 그늘에서 잠시 쉬었습니다.

그들은 크리스티엔의 작은 오르골에서 흘러나오는 은방울을 굴리는 듯한 선율에 맞춰 점심을 먹었고, 이따금 저 멀리 융프라우 산등성이에서 쏟아지는 눈사태의 음산한 메아리를 들었습니다. 그러고 나서 그들은 타는 듯한 오후의 햇살 아래 여정을 계속 이어가다가 알프스의 장미가 온데간데없이 사라지고 돌 사이로 갈색 이끼가 드문드문 자라는 더 높은 곳으로 올라갔습니다. 황량한 풍경에서 유일하게 바뀐 변화는 표백된 황량한 해골을 닮은 죽은 소나무 숲이 풍화되어 생기를 잃은 모습이었습니다. 고갯마루 꼭대기에는 작은 외딴 여관이 드넓은 하늘과 그들 사이에 외롭게 서 있었습니다.

이 여관에서 그들은 다시 휴식을 취했고, 현지에서 생산한 포도주를 음미하며 크리스티엔과 그의 신부의 건강을 위해 잔을 들었습니다. 크리스티엔은 흥분을 가라앉히지 못하고 한 사람 한 사람과 연신 악수했습니다.

"내일 해 질 녘이면 한 번 더 그녀를 품에 안을 겁니다!" 그가 말했습니다. "수습 기간이 끝나고 그녀를 보러 집에 간 후로 거의 2년이 지났습니다. 이제 나는 주급 30프랑을 받는 감독이고 결혼할 준비가 다 되었습니다."

"주급 30프랑!" 바티스토가 외쳤습니다. "코르포 디 바코![21] 그 정도면 거금인걸."

크리스티엔의 얼굴이 기쁨으로 빛이 났습니다.

"네, 우리는 엄청 행복할 겁니다. 누가 압니까? 우리가 칸데르 탈에서 우리의 뒤를 이을 아이들을 기르고 그곳에서 생을 마감할지. 아, 내가 내일 밤 그곳에 간다는 사실을 마리가 알면 얼마나 기뻐할까!"

"어떻게 그럴 수 있습니까, 크리스티엔?" 형이 말했습니다. "그녀가 당신의 도착을 예상하지 못한다고요?"

"전혀. 그녀는 내가 모레까지 그곳에 있을 거라고는 전혀 예상하지 못할 겁니다. 실은 나도 예상 못 했습니다. 운터젠과 프루티겐을 거치는 긴 경로를 따라갔다면 말입니다. 내 계획은 오

21　우와!

늘 밤을 라우터브루넨에서 보내고 내일 아침 츨링겔 빙하를 건너 칸데르스테그로 가는 겁니다. 동트기 조금 전에 일어나면 해질 녘에는 집에 도착할 겁니다."

그 순간 갑자기 길이 꺾이더니 저 멀리 계곡의 거대한 전망이 보이는 곳으로 내려가기 시작했습니다. 크리스티엔이 모자를 허공에 던지고 크게 소리쳤습니다.

"저것 봐요!" 그가 익숙한 풍경 전체를 끌어안으려는 듯 두 팔을 뻗으며 말했습니다. "오! 봐요! 저기 인터라켄의 언덕과 숲이 있고, 우리가 서 있는 절벽 아래로 라우터브루넨이 자리 잡고 있습니다! 우리 조국에 이런 아름다움을 허락한 하나님을 찬양합니다!"

이탈리아 젊은이들은 자신들의 아르노 계곡이 훨씬 더 아름답다고 생각하며 미소를 주고받았습니다. 하지만 형은 그 청년에게 마음이 갔고, 모든 아름다움을 권리이자 유산으로 받아들이는 그 정신에 감사의 기도를 올렸습니다. 이제 그들의 여정은 풍성하게 자란 옥수수밭과 목초지가 있고, 비를 피하는 거대한 처마와 장식한 발코니를 따라 반짝이는 금괴를 닮은 인디언 옥수수를 엮은 줄이 있는, 오래된 고동색 목재로 지은 많은 전통가옥이 흩어져 있는 광활한 고원지대를 가로질러 놓여 있었습니다. 오솔길 옆에는 푸른 산생두나무 무리가 자라고 있었고, 가끔 야생 용담이나 별 모양의 건조화를 발견하기도 했습니다.

그러고는 오솔길이 절벽을 따라 구불구불하게 변했고, 30분도 안 돼 그들은 계곡의 가장 낮은 지점에 도착했습니다. 융프라우가 보이는 작은 여관의 응접실에서 함께 식사할 때 아직 타는 듯한 오후는 가장 높은 소나무에서 사라지지 않았습니다. 저녁 무렵 형은 편지를 쓰며 시간을 보냈고, 세 청년은 마을을 둘러보았습니다. 아홉 시에 그들은 작별 인사를 나누고 각자의 방으로 돌아갔습니다.

지칠 대로 지쳤지만, 형은 잠을 이루기가 힘들었습니다. 설명할 수 없는 우울함이 여전히 그를 사로잡았고, 마침내 불안한 잠에 빠졌을 때조차 두려움에 떨어야 하는 끔찍한 꿈을 꾸며 자다 깨기를 반복했습니다. 아침이 되어서야 깊은 잠에 빠져든 형은 정오가 다 되어 깨어났습니다. 실망스럽게도 크리스티엔은 이미 떠난 뒤였습니다. 여관 주인의 말에 따르면, 그는 동트기 전에 일어나 촛불 옆에서 아침 식사를 하고 잿빛 새벽에 '장터의 악사처럼 유쾌하게' 출발했다고 했습니다.

스테파노와 바티스토는 크리스티엔이 맡긴 다정한 메시지와 결혼식 초대장을 전하기 위해 형을 기다렸습니다. 그들 역시 초대장을 받았고, 결혼식에 참석하고 싶다는 의사를 밝혔습니다. 형은 다가오는 화요일 인터라켄에서 그들을 만나기로 했습니다. 거기에서부터 칸데르스테그까지 여유 있게 걸어 목요일 아침 목적지에 도착해 교회에서 열리는 결혼식 파티에 참석하기로 했습니다. 그들과 헤어지기 전 형은 피렌체 카메오 몇 개를 사주었고, 두 젊은이에게 행운을 빌었습니다. 그리고 그들의 모습이 더는 보이지 않을 때까지 그 자리에 서 있었습니다.

혼자 남겨진 형은 스케치북을 들고 밖으로 나가 종일 계곡 위쪽을 탐험하며 시간을 보냈습니다. 해가 질 무렵 그는 자신의 방에서 혼자 은은한 불빛 아래 저녁 식사를 즐겼습니다. 식사를 해치운 후 벽난로 근처로 가서 괴테의 『예술에 관한 에세이』 포켓 판을 꺼내 몇 시간 즐겁게 독서할 심산이었습니다. (아, 빛바랜 표지의 바로 그 책이 나에게는 얼마나 익숙한지, 그리고 형이 그 고독한 저녁에 관해 묘사하는 것을 얼마나 자주 들었던지!) 밤은 이쯤 되자 춥고 습해졌습니다. 벽난로 위에서는 축축한 통나무가 타닥거렸고, 애잔한 바람이 계곡을 타고 내려왔고, 비를 동반한 돌풍이 유리창에 부딪혔습니다. 형은 곧 독서가 불가능함을 깨달았습니다. 주의가 산만해졌습니다. 같은 문장을 반복해 읽으면서도 그 의미를 알지 못한 채 아득한 과거로 거슬러 올라가는 깊은 사색에 빠져들었습니다.

시간은 흘러 어느덧 시계가 열한 시를 가리켰고, 아래층에서 문이 닫히고 여관 식구들이 휴식을 취하기 위해 물러나는 소리가 들렸습니다. 그는 꿈을 꾸는 듯한 무감정의 상태에서 벗어나기로 했습니다. 벽난로의 장작을 보충하고, 방의 조도를 높이기 위해 램프를 조정하고, 여러 번 방안을 서성거렸습니다. 그러고는 창문을 열고, 아래 정원의 아카시아 잎사귀가 그랬듯, 비가 얼굴을 때리고 바람이 머리를 흩날리도록 내버려 두었습니다. 그렇게 몇 분을 있다가 창문을 닫았고, 얼굴, 머리카락, 셔츠 앞면을 흠뻑 적신 채 방으로 돌아왔습니다. 배낭을 풀고 마른 셔츠를 꺼내려던 참이었습니다. 그 순간 그는 잠시 귀를 기울였고, 갑자기 숨이 막힐 듯한 당혹감에 자리에서 벌떡 일어났습니다.

바깥의 미풍에 실려 간간이 창문을 스치듯 지나가며 멀리서 사라지는 친숙하고 매혹적인 선율을 들었기 때문입니다. 프로스페로 섬[22]의 '달콤한 분위기'처럼 섬세하고 미묘한 이 음색은 전날 벵겐 알프스의 전나무 아래에서 점심을 먹으며 들었던 그 오르골에서 나온 선율이 틀림없었습니다!

크리스티엔이 돌아왔나? 그래서 그가 이렇게 자신이 돌아왔다고 알린 걸까? 그렇다면 그는 어디에 있었을까? 창문 밑에 있었나? 복도 밖인가? 현관에 머물며 출입 허가를 기다리는 중일까? 형은 다시 창문을 열고 크리스티엔의 이름을 불렀습니다.

"크리스티엔! 당신입니까?"

---

22 윌리엄 셰익스피어의 희곡 『템페스트』에 등장하는 마법에 걸린 섬으로 주인공이자 강력한 마술사인 프로스페로가 이 섬에 거주하며 자신의 마술 능력을 이용해 극의 사건과 등장인물을 조종한다.

바깥은 섬뜩할 정도로 고요했습니다. 거친 계곡을 따라 점점 더 뒤로 물러나는 마지막 돌풍과 비의 희미한 메아리 소리와 마치 살아 있는 듯 소나무가 바람에 흔들리는 소리만 들렸습니다.

"크리스티엔!" 형이 다시 말했습니다. 정적 속에서 목소리가 이상하게 울려 퍼졌습니다. "말해 봐요! 당신이에요?"

역시 대답이 없었습니다. 그가 어둠 속으로 고개를 내밀었지만, 아무것도 보이지 않았습니다. 심지어 현관의 희미한 실루엣조차 보이지 않았습니다. 헛것을 들었나 싶은 생각이 들기 시작했을 때 갑자기 그 선율이 다시 흘러나왔습니다. 이번에는 방안에서 흘러나오는 듯했습니다.

크리스티엔이 곁에 있을까 싶어 돌아선 순간 갑자기 소리가 멈추더니 냉기가 온몸을 휘감았습니다. 그것은 단순히 공포로 싸늘해진 것도, 비바람에 노출된 신체의 물리적 한기도 아니었습니다. 모든 혈관이 얼어붙고, 신경이 마비되고, 일순간 폐의 기능이 멈추고, 심장이 멎는 죽음과 같은 냉기였습니다. 말도 나오지 않고 움직일 수조차 없게 된 형은 죽음이 임박했다고 확신하며 눈을 감았습니다.

이 기묘한 졸도는 아주 잠깐 지속되었습니다. 점차 몸에 생기가 돌며 창문을 닫고 의자에 앉을 만큼의 힘이 생겼습니다. 그제야 그는 셔츠가 빳빳하게 얼어붙고 빗방울이 단단한 고드름이 되어 머리에 달라붙은 사실을 알았습니다.

시계는 열한 시 40분에 멈춰 있었습니다. 벽난로에서 온도계를 꺼내 확인해 보니 수은주가 68도[23]를 가리켰습니다. 세상에나! 어떻게 68도의 온도에서, 그것도 활활 타오르는 장작불 앞에서 이런 일이 일어날까?

그는 텀블러에 코냑을 반쯤 채우고 단숨에 들이켰습니다. 잠자리에 드는 건 불가능한 일이었습니다. 감히 잠을 잘 수도, 생각에 잠길 여유도 없었습니다. 그가 할 수 있는 건 옷을 갈아입고, 벽난로에 통나무를 더 넣고, 담요로 몸을 감싸고, 밤새 벽난로 앞 안락의자에 앉아 있는 것뿐이었습니다.

하지만 원래 의도와 달리 그는 오래 깨어 있지 않았습니다. 벽난로가 주는 온기와 긴장 반응으로 인한 피로가 결국 그를 잠들게 했습니다. 아침이 되자, 그는 의자에서 언제 어떻게 침대로 왔는지 전혀 기억하지 못하는 채로 잠에서 깨어났습니다.

다시 눈부시게 빛나는 하루가 펼쳐졌습니다. 비바람은 사라지고 계곡 끝자락의 실버 혼이 청명한 하늘 아래 우뚝 서 있었습니다. 그는 강렬한 햇살을 바라보며 전날 밤의 사건에 의문을 품기 시작했습니다. 열한 시 40분에 멈춰버린 시계가 없었다면, 모든 것을 단순히 꿈이라고 치부했을지도 모릅니다. 사실 그는 공포의 절반 이상을 지나치게 활동적이고 지나치게 지친

---

23 섭씨 20도.

뇌의 자극 탓으로 돌렸습니다. 그런데도 그는 여전히 우울하고 불안했습니다. 라우터브루넨에서 하룻밤을 더 보내기가 끔찍하게 싫었던 그는 그날 아침 바로 인터라켄으로 떠나기로 했습니다. 그가 아침 식사를 하며 7마일을 걸어갈지 마차를 빌려서 갈지 고민하고 있는데, 마차 한 대가 여관 입구에 급하게 멈춰서더니 한 젊은이가 뛰어내렸습니다.

"세상에, 바티스토!" 그가 안으로 들어오자, 형이 깜짝 놀라 소리쳤습니다. "여긴 어쩐 일입니까? 스테파노는 어디 있어요?"

"인터라켄에 두고 왔습니다, 시뇨르." 이탈리아 청년이 대답했습니다.

그의 목소리와 얼굴에 이상하고 사람을 놀라게 하는 무언가가 있었습니다.

"무슨 일이에요?" 형이 다급하게 물었습니다. "몸이 안 좋은가요? 무슨 일이 생겼어요?"

바티스토가 고개를 절레절레 흔들며 복도를 아래위로 슬그머니 곁눈질하고는 문을 닫았습니다.

"스테파노는 건강합니다. 하지만…무언가 특이한 일이 일어났어요! 시뇨르, 영혼을 믿습니까?"

"영혼을 믿느냐고요, 바티스토?"

"네, 그렇습니다. 살아 있든 죽었든 누군가의 영혼이 사람의 귀에 닿는다면, 크리스티엔의 영혼이 어젯밤 열한 시 40분에 나에게 왔습니다."

"열한 시 40분!" 형이 반복했습니다.

"나는 스테파노와 같은 방에서 자고 있었습니다. 따뜻하고 편안한 침대에 누워 즐거운 생각에 잠겨 잠이 들었습니다. 그런데 어느 순간 담요와 깔개까지 넉넉히 깔았는데도 추위로 몸이 얼어붙고 제대로 숨을 쉴 수조차 없었습니다. 스테파노를 불러보았지만, 모기만 한 소리도 나오지 않았습니다. 나는 마지막 순간이 왔다고 생각했습니다. 그때 창문 아래에서 무슨 소리가 들렸는데, 크리스티엔의 오르골 선율이라는 걸 금방 알았습니다. 전나무 아래에서 점심을 먹을 때와 똑같이 연주되었습니다. 하지만 이번에는 더 섬뜩했고, 그 음색이 한없이 우울하고 엄숙했습니다. 정말이지 듣는 것만으로도 끔찍했습니다! 음악은 바람에 실려 가듯 점점 더 희미해지더니 결국 사라졌습니다. 음악이 멈추자 얼어붙었던 혈관에 온기가 돌았습니다. 나는 스테파노를 불렀습니다. 스테파노에게 무슨 일이 있었는지 설명하자, 그는 내가 꿈을 꾼 것일 뿐이라고 우겼습니다. 의심을 풀기 위해 나는 시계를 확인할 수 있도록 스테파노에게 램프를 켜달라고 부탁했습니다. 놀랍게도 시계는 열한 시 40분에 멈춰 있었습니다. 더 특이한 건 스테파노의 시계도 똑같이 멈춰 있었다는 겁니다. 자, 시뇨르, 이 일이 어떤 의미가 있다고 생각합니까, 아니면 이 모든 것이 꿈이었다는 스테파노의 집요한 믿음에 동의합니까?"

"당신의 결론은 무엇입니까, 바티스토?"

"내가 보기에는, 시뇨르, 빙하 위에서 불쌍한 크리스티엔에게 어떤 불행이 닥쳤고, 그의 영혼이 어젯밤 나를 찾아온 듯합니다."

"바티스토, 만약 크리스티엔이 살아 있다면 우리가 도와야하고, 죽었다면 시신을 찾아야 합니다. 나도 뭔가 잘못되었다고 믿습니다."

이 말과 함께 형은 전날 밤에 있었던 자신의 경험을 간략하게 이야기했습니다. 그는 즉시 라우터브루넨에서 가장 숙련된 가이드 세 명을 불러 빙하 탐험에 필요한 밧줄, 얼음 손도끼, 등산지팡이 등 장비를 준비했습니다. 형이 발을 동동 굴렀지만, 탐험대가 최대한 빨리 움직여 출발한 시각은 정오가 다 되어서였습니다.

그로부터 약 30분 후 그들은 슈테헬베르크라는 곳에 도착했습니다. 그들은 그때까지 타고 온 마차를 근처 샬레[24]에 세우고 그 왼쪽으로 난 단단한 얼음 요새 같은 장엄한 브라이트호른 빙하가 한눈에 보이는 비탈길을 오르기 시작했습니다. 길은 한동안 초원과 소나무 숲으로 이어졌습니다. 슈타인베르크의 작은

---

24 스위스 산중에 있는 오두막집.

샬레가 모여 있는 곳에 도착한 그들은 물병을 더 채우고 밧줄을 준비하며 츨링겔 빙하를 횡단하기 위한 준비를 마쳤습니다. 몇 분 만에 그들은 얼음 위에 발을 디뎠습니다.

이 부근에서 가이드들이 잠시 걸음을 멈추고 논의에 들어갔습니다. 가이드 중 한 명이 아래쪽 빙하를 왼쪽으로 가로지른 후 빙하 남쪽의 바위 경계를 넘어 위쪽 빙하로 접근하는 방법을 제안했습니다. 다른 두 가이드는 북쪽, 즉 오른쪽으로 가자고 주장했는데 형은 결국 그들의 손을 들어주었습니다. 해는 이제 열대 지역의 태양처럼 강렬하게 빛나고 있었고, 길고 위험하게 균열이 생긴 부서진 얼음 표면은 유리처럼 매끄럽고 여름 하늘처럼 파랗게 보였습니다. 두 명의 가이드가 선두에 서고 세 번째 가이드가 후미에 서서 약 3야드 간격으로 서로 몸을 묶은 채 조용히 조심스럽게 이동했습니다. 오른쪽으로 방향을 튼 후 그들은 빙하 위쪽에 도달하기 위해 올라가야만 하는 약 40피트 높이의 깎아지른 듯한 바위 밑에 도착했습니다. 바티스토와 형은 이 일을 해내기 위해 아래와 위를 모두 고정하는 밧줄을 사용했습니다. 두 명의 가이드는 암벽 표면에 홈을 파서 등반을 시작했고, 한 명의 가이드는 아래에 남았습니다. 밧줄이 풀리고 형이 먼저 올라갈 준비를 했습니다. 그가 첫 번째 홈에 발을 디딘 순간 바티스토의 숨죽인 외침이 그를 멈춰 세웠습니다.

"산타 마리아! 시뇨르! 저쪽을 보세요!"

형은 그가 가리키는 방향으로 시선을 돌렸고, (나중에 신성한 모든 것에 맹세하겠지만) 1백 야드도 채 안 되는 곳에 눈 부신 햇살을 받으며 서 있는 크리스티엔 바우만을 보았습니다! 형이 그를 알아보자마자 크리스티엔은 사라졌습니다. 사실 사라지지도, 내려오지도, 걸어가지도 않았습니다. 그저 존재하지 않았던 것처럼 사라졌습니다. 죽은 사람처럼 창백해진 바티스토는 무릎을 꿇고 두 손으로 얼굴을 가렸습니다. 경이롭기까지 한 놀라움에 휩싸여 할 말을 잃은 형은 바위에 기대 여행의 목적이 비극적으로 완수되었음을 깨달았습니다. 가이드들은 무슨 일인지 전혀 감을 잡지 못했습니다.

"아무것도 못 봤습니까?" 형과 바티스토가 동시에 물었습니다.

하지만 가이드들은 아무것도 보지 못했고, 아래에 머물던 사람은 "얼음과 태양 말고 뭐가 또 있습니까?"라고 대답했습니다.

이에 형은 크레바스[25] 가장자리에 서 있는 형상을 본 후로 계속 눈여겨본 특정 크레바스를 철저히 조사해 보고 싶다는 뜻을 밝혔습니다. 여전히 회의적이던 두 사람은 암벽 꼭대기에서 내려와 다시 밧줄을 이용해 형을 따라갔습니다. 갈라진 틈의 좁다란 끝 지점에 다다랐을 때 형은 잠시 걸음을 멈추고 등산지팡이

---

25 빙하의 틈.

를 얼음에 단단히 심었습니다. 작은 균열로 시작해 비정상적으로 길어지는 특이한 크레바스가 그들 앞에 펼쳐져 있었습니다. 그 깊이를 헤아릴 수 없는 크레바스는 점차 넓어져 가장자리가 다이아몬드 종유석을 닮은 긴 고드름에 둘러싸여 있었습니다. 크레바스 길을 따라간 지 10분 만에 가장 젊은 가이드가 다급하게 외쳤습니다.

"뭔가 보입니다!" 그가 고함을 질렀습니다. "크레바스의 좁은 틈새에 어두운색의 무언가가 끼어 있습니다!"

일행 모두 그 형체를 알아차렸지만, 발밑의 빙벽에 가려져 정확히 무엇인지 알아볼 수는 없었습니다. 형은 아래로 내려가 그 물체를 가져오는 사람에게 1백 프랑을 주겠다고 제안했습니다. 하지만 모두 망설였습니다.

가이드 중 한 명이 "우리는 그게 뭔지 모릅니다"라고 말했습니다.

"그냥 죽은 샤무아[26]일수도 있습니다." 다른 가이드가 의견을 냈습니다.

그들의 냉담한 태도에 형은 화가 치밀어 올랐습니다.

"그건 샤무아가 아닙니다." 형이 역정을 내며 말했습니다. "그건 칸데르스테그 출신의 크리스티엔 바우만의 시신입니다.

---

26 남유럽 · 서남 아시아산의 영양(羚羊).

모두가 겁나서 못 한다면 내가 직접 내려가겠습니다!"

가장 젊은 가이드가 모자와 외투를 벗어 던지고 허리에 밧줄을 묶더니 손도끼를 손에 쥐었습니다.

"내가 가겠습니다." 가장 젊은 가이드는 더 고민하지 않고 힘겹게 크레바스 안으로 내려갔습니다. 형은 돌아섰습니다. 지독한 불안이 그를 덮쳤고, 곧 얼음 속 깊은 곳에서 둔탁한 손도끼 소리가 들렸습니다. 그러고는 밧줄을 하나 더 달라는 요청이 있었고, 그러고 나서 남자들이 모두 조용히 비켜섰고, 형은 가장 젊은 가이드가 다시 크레바스 가장자리에 서 있는 모습을 보았습니다. 사력을 다해 올라오느라 힘에 부쳤는지 얼굴은 울긋불긋하고 몸이 부르르 떨렸는데, 그의 발치에 크리스티엔의 시신이 누워 있었습니다.

불쌍한 크리스티엔! 그들은 밧줄과 등산지팡이로 즉석에서 임시 들것을 만들었고, 어렵사리 그를 슈타인베르크로 옮겼습니다. 그곳에서 그들은 추가 지원을 요청했고, 마차를 타고 슈테첼베르크로 시신을 이송했습니다. 또 거기에서 그들은 그를 라우터브루넨으로 데려갔습니다. 다음 날 형은 시신이 도착하기에 앞서 칸데르스테그에 있는 크리스티엔의 친구들에게 그의 비극적인 운명을 알렸습니다. 이 사건이 일어난 지 30년이 흐른 지금까지도 형은 마리의 절망과 자신이 그 평화로운 계곡에 가져다준 깊은 슬픔을 떠올리면 견딜 수 없다고 합니다. 안타깝게도 마리는 수년 전에 세상을 떠났고, 형은 겜미로 가는 길에 칸데르 탈을 마지막으로 방문했을 당시 마을 공동묘지에 있는 크리스티엔 바우만의 무덤 옆에서 마리의 무덤을 보았습니다.

이것이 내 형의 유령 이야기입니다.

회장은 이제 네모 팽이에 할당된 시간이 끝났고, 이것으로 모임을 해산한다고 알렸다. 하지만 젊은 어부는 다시 질문을 던지지 않을 수 없었다. 이 때문에 젠틀맨 킹 아서스 회원들은 모자를 쓰고 코트를 입으며 그를 정신적으로 불안한 젊은 어부라고 생각했고, 그들 중 일부는 그와 동행한 선장이 그의 보호자라고 굳게 믿었다.

이 모임의 비중 있는 회원인 파비스 씨를 감히 깨우고 싶어 하는 사람은 아무도 없었다. 그래서 회원 중 한 명이 우연을 가장해 파비스 씨와 부딪친 뒤에 멀찌감치 달아나기로 했다. 계획은 성공적으로 실행되었고, 파비스 씨는 자기 자신을 기민하며 잠귀가 밝고 어떤 상황에서도 잠이 잘 깨는 사람이라는 만족감을 느끼며 자리에서 일어났다. 이러한 자신감 때문인지 그에게는 꽤 밝고 유쾌한 분위기가 감돌았다. 그는 모임에서 가장 활기찬 회원을 농담 삼아 '잠꾸러기'라고 부르며 놀리는 등 평소 진지한 모습과는 다른 놀라운 유머 감각을 선보였다.

사람들은 서서히 차가운 밤공기 속으로 사라졌고, 이제 선장과 그의 젊은 동반자만 남았다. 모든 사람과 악수하며 기분이 좋아진 선장은 잠자리를 재촉하지 않았다.

"내일 아침, 우리는 이곳에서 변호사와 성직자를 찾아야 하네." 선장이 말했다. "우리 일과 관련해 조언을 구해야 할 사람들이야. 나는 일찍 일어나서 만나는 사람마다 다가가 질문을 할 생각이네. 그렇게 내 모국의 제도를 전파할 걸세."

선장이 장난스럽게 다리를 찰싹 때리자, 여관 주인이 작은 촛대 두 개를 들고 모습을 드러냈다.

"손님 방은 꼭대기에 있습니다." 그가 말했다. "침대는 아주 탁월합니다만, 바람 소리가 들릴 겁니다."

"바람 소리야 전에도 들었습니다." 선장이 대답했다. "나와 함께 항해하면 당신도 그 소리를 듣게 될 겁니다."

"이 근처는 바람이 꽤 세게 부는 편입니다." 여관 주인이 말했다.

"날씨는 이곳에서 생명력을 얻습니다." 선장이 대답했다. "거대한 대서양에 대비해 훈련받는 겁니다. 이곳의 바람은 이제 막 첫발을 내디딘 것뿐입니다. 나와 함께 항해하면 진지하게 임무를 수행하는 완전하게 성숙한 바람을 소개해 드리지요. 그건 그렇고, 내 젊은 친구에게 침대 위치를 알려주지 않았습니다."

"그 방은 벽 사이 계단 머리 부분에 있습니다. 두 번째 계단으로 올라가기 전." 여관 주인이 대답했다. "쉽게 찾을 겁니다.

유일하게 침대 두 개가 나란히 놓인 방이니까요."

"그 뱃사람이 있는 방입니까?" 선장이 말했다.

"예, 그 방이 맞습니다." 여관 주인이 대답했다.

"그가 잠결에 이야기를 다 끝내지 않아야 할 텐데." 선장이 말했다. "내가 뱃사람이 있는 방으로 갈까, 알프레드?"

"아니요, 조르간 선장님이 왜요? 그가 자면서 온갖 이야기를 다 떠들어댄다고 해도 저를 깨울 염려는 없을 겁니다."

"그는 문에서 가까운 침대를 사용합니다." 여관 주인이 말했다. "제가 직접 들어가 확인해 봤는데 아주 잘 자고 있습니다. 여러분, 안녕히 주무세요."

선장은 바로 여관 주인과 놀라우리만치 열정적으로 악수했다. 마치 오랫동안 기다려온 일인 듯 그 관습적인 행위를 수행한 후 선장은 젊은 친구와 함께 위층으로 올라갔다.

"왠지 말이야," 선장이 말을 이어갔다. "키티 트레가던 양과의 결혼식이 그리 오래 미뤄지지는 않을 듯해. 우리가 원하는 걸 우연히 발견할 듯한 예감이 들거든."

"정말 그러면 좋겠네요. 그게 언제쯤일까요?"

"글쎄, 콕 집어 언제라고 말할 수는 없지만 오래 걸리지는 않을 거야. 여기가 자네 방이군." 선장이 나직이 속삭이며 부드럽게 문을 열고 안을 들여다보았다. "그리고 여기 뱃사람의 침대가 있어. 어떤 사람인지 궁금하군. 숨소리가 깊지 않나?"

"소리를 들어보니 어린아이처럼 자는군요." 젊은 어부가 대답했다.

"꿈에 고향이 나오는 모양이야." 선장이 대답했다. "모르긴 몰라도, 이 뱃사람은 '방화범' 파비스보다 훨씬 편안하게 잠 들었어. 하지만 둘 다 깊이 잠든 것 같지는 않아? 잘 자게, 친구."

"안녕히 주무세요, 조르간 선장님, 정말 고맙습니다!"

"내가 진짜 감사를 받을 자격이 생길 때까지 기다렸다가 받겠네, 젊은이." 선장이 유쾌하게 그의 등을 두드리며 대답했다. "즐거운 꿈 꾸게나. 누굴 말하는지 알 거야."

젊은 어부가 문을 닫았고, 선장은 잠시 멈춰 서서 수수께끼의 뱃사람에게서 어떤 움직임이 있는지 귀를 기울였다. 하지만 아무 소리도 들리지 않았고, 선장은 자기 방으로 걸어갔다.

제4장

뱃사람

그 뱃사람은 누구였으며, 그는 자신을 위해 무슨 말을 해야 할까? 그가 이 질문에 직접 대답한다.

콘월의 팰머스에서 데번셔의 스티프웨이까지 북쪽으로 여행하는 중에 일어난 일을 이야기하는 것으로 시작하겠습니다. 어젯밤 랜리언에 도착하게 된 계기는 말할 필요가 없습니다. 나는 중요한 일들을 처리해야 했고, 그 일들은 반쯤은 진지하고 반쯤은 (내가 바라던 대로) 즐겁기를 바랐습니다. 이 일들이 여정을 시작하게 된 출발점이었음을 기억해 주기 바랍니다.

팰머스에 도착한 후 나는 도보로 이동했습니다. 마차를 이용하는 데 드는 비용과 마음을 짓누르는 불안감 때문이었고, 걷기가 내가 아는 가장 효과적인 불안 완화 방법이었기 때문입니다.

여행을 시작하고 첫 이틀 동안은 가벼운 북풍과 북서풍이 불어오는 쾌적하고 온화한 날씨였습니다. 셋째 날에는 길을 잘못 들어 다시 올바른 방향으로 돌아가기 위해 우회해야 했습니다. 해질 녘, 내가 아직 길 위에 있는 동안, 바람의 방향이 바뀌더니 짙은 해무가 대지를 뒤덮었습니다. 나는 좌측에서 들리는 바다 소리를 길잡이 삼아, 내가 사라지라고 이름 붙인, '하얀 어둠'을 뚫고 계속 나아갔습니다. 한편 짙어진 안개가 물방울이 되어 얼굴로 흘러내리자 불안의 무게가 점점 커지는 것을 느꼈습니다.

아직 초저녁인데, 내가 걸어가는 길 오른쪽 저 멀리에서 개 짖는 소리가 들렸습니다. 나는 사력을 다해 그 소리를 따라가며 가끔 고함을 질러 개가 다시 짖게 유도했습니다. 마침내 집 뒤쪽을 우연히 발견한 나는 안에서 들리는 소리를 따라 더듬거리며 문을 찾고는 손바닥으로 세게 두드렸습니다.

너덜너덜한 가운을 입은 젊은 여성이 문을 열었는데, 급하게 옷을 걸쳤는지 몹시 흐트러진 모습이었습니다. 그녀에게 바로 문의한 결과 그 건물이 여관이라는 사실을 알게 되었습니다.

내가 더 물어보기도 전에 여관 주인이 응접실 문을 열고 밖으로 나왔습니다. 떠들썩한 목소리와 불, 증류주, 담배가 뒤섞인 기분 좋은 편안한 냄새가 그와 함께 쏟아져 나왔습니다.

"술집은 불이 꺼졌습니다." 여관 주인이 말했습니다다. "침대에 누워 편안하게 쉬는 게 낫지 않겠습니까?" 그가 나를 유심히 살피며 덧붙였습니다.

"아니요," 내가 그를 빤히 쳐다보며 대답했습니다. "싫습니다."

더 많은 말을 주고받기도 전에 응접실 안쪽에서 쾌활한 목소리가 들려왔습니다.

"무슨 일입니까, 주인장?" 그 유쾌한 목소리가 말했습니다. "밖에 누굽니까?"

"보아하니, 뱃사람인 듯합니다." 여관 주인이 내게서 몸을 돌리고 응접실 안에 있는 사람을 향해 대답했습니다.

"뱃사람을 초대합시다." 그 목소리가 말했습니다. "오늘 밤만 임시 클럽 회원 자격을 부여합시다."

그러자 많은 다른 목소리들이 마치 교회의 예배 시간처럼 "들어라! 들어라!"라고 엄숙하게 외쳤습니다. 이어서 트렁크 제작 작업장을 연상시키는 망치질 소리가 들렸습니다. 그런 후 여관 주인은 내 팔을 붙잡고 응접실로 안내했습니다. 그렇게 나는 그날 저녁 특별 클럽 회원으로 환영받았습니다.

안개가 자욱한 바깥에서 갑자기 촛불이 환하게 켜진 따뜻한 실내로 들어가자, 완전히 멍해진 나는 클럽 회원들을 향해 부엉이처럼 눈만 끔뻑거리며 서 있었습니다. 회원들이 다시 "들어라! 들어라!"라고 외쳤고, 나도 "들어라! 들어라!"라고 화답했습니다. 나는 이 말을 "안녕하세요?"와 비슷한 클럽의 인사법이라고 이해했습니다. 여관 주인이 벽난로 근처 원형 테이블로 나를 안내했고, 나는 그 자리에서 저녁 식사를 했습니다. 그는 내가 원하면 위층에 4번 방이 있다고 알려주었습니다.

나는 나이프와 포크를 들고 자리에 앉기 전에 그 방이 사람들로 꽉 찼고, 테이블 맨 앞자리의 회장이 유쾌한 목소리의 주인공이었고, 그가 이야기를 들려주며 사람들을 즐겁게 해주는 듯하다는 것을 알아차렸습니다. 나는 이야기의 세부 내용보다 저녁 식사에 더 집중했습니다. 지금 기억나는 것은 내 식사와 음주가 끝나는 시점에 그의 이야기도 끝났다는 것뿐입니다.

"자, 내가 먼저 여러분에게 이야기를 들려주었습니다." 회장이 말했습니다. "다음 차례는 누굽니까?" 그가 네모 팽이를 들고 테이블 위에서 한 바퀴 돌렸습니다. 팽이는 빙글빙글 돌다가 넘어지며 내 앞쪽에 떨어졌습니다. 그러자 회장이 말했습니다. "당신 차례입니다! 주목! 주목! 두 번째 이야기를 들려줄 뱃사람을 소개합니다!" 그가 망치를 두드리며 말을 마쳤고, 클럽 회원들은 (짐작건대, 다른 발언이 없었기에) "들어라! 들어라!"를 복창했습니다.

"나는 빼주세요." 내가 회장에게 말했습니다. "들려줄 이야기가 없습니다."

"들려줄 이야기가 없다고요!" 그가 말했습니다. "이런, 사연 없는 뱃사람이라니! 누가 그런 이야기를 들어본 적이 있습니까? 아무도 없어요!"

"아무도." 클럽 회원들이 방향을 바꿔 새로운 단어를 꺼내며 말했습니다.

솔직히 말하면, 나는 회장이 나를 평범한 선원처럼 부르는 것이 마음에 들지 않았습니다. 사람은 누구나 낯선 이들 앞에서 자신의 진정한 위치를 인정받기를 원합니다. 그래서 나는 회장과 클럽 측에 다음과 같은 말로 나의 진정한 위치를 드러냈습니다.

"여러분, 바다에서 일하는 모든 남성은 진정한 뱃사람입니다." 내가 말했습니다. "하지만 배 안에서도 육지와 마찬가지로 계급과 직책이 있습니다. 내 계급은 이등항해사입니다."

"아, 알겠습니다." 회장이 말했습니다. "마지막으로 하선한 곳이 어디입니까?"

"바다 밑바닥입니다." 나는 유감스럽게도 사실대로 대답했습니다.

"뭐라고요! 난파를 당했다고요?" 그가 말했습니다. "자세히 말해주세요. 난파선 이야기는 우리가 즐겨 듣는 이야기입니다. 모두 조용히 하세요! 이등항해사의 이야기를 들어봅시다!"

클럽 회원들은 지시에 따라 침묵을 지키는 대신 "회장!"이라는 또 다른 생소한 단어를 열정적으로 외쳤습니다. 갑자기 모든 사람이 입을 꾹 다물더니 나를 향해 시선을 돌렸습니다.

나는 어리석은 결정을 내리고 말았습니다. 생각할 겨를도 없이 회장의 주문에 따라 충동적으로 이야기를 시작했습니다. 밤새워 기다린다고 해도 처음 그들이 듣고 싶어 한 이야기를 들려줄 수는 없었을 겁니다. 내 평생 그런 이야기를 만들어내는 데는 젬병이었습니다. 이야기라는 것은 반드시 허구일 수밖에 없으니까요. 하지만 클럽 회원들이 갑자기 전통적인 의미의 이야기가 아닌 선박 조난 사고에 관한 이야기를 들어줄 의향이 있다고 했을 때 나는 실제로 나에게 일어난 일을 이야기할 뜻밖의 행운을 놓칠 수 없었습니다. 그래서 그렇게 했습니다.

폭풍우와 배의 충돌, 그리고 내 목숨을 구한 행운의 반전에 이르기까지 내 이야기는 순조롭게 흘러갔습니다. 놀랍게도 클럽 회원들은 그런 이야기를 처음 듣는 듯 주의 깊게 경청했습니다. 하지만 구조된 이후에 나에게 일어난 일, 즉 조난된 장소에서 나와 함께 있었던 사람을 밝혀야 할 순간이 다가오자 차마 입이 떨어지지 않았습니다. 그곳에 있던 모든 사람이 나에게 그자리에서 1백 파운드씩을 준다고 제안해도 절대 입 밖에 낼 수 없었을 겁니다. 낯선 자들에게는 절대 공개할 수 없습니다!

"계속하세요!" 회장이 말했습니다. "그래서 어떻게 되었습니까? 어떻게 육지에 도착했습니까?"

말하기 전에 미처 생각하지 못한 이유로 나 자신을 곤경에 처하게 했음을 깨달은 나는 어떻게 클럽 회원들에게 그 사실을 공개하지 않고 이야기를 마무리할지 궁리했습니다. 회장과 회원들이 답변을 기다리는 동안 내가 해결책을 생각해 내는 데 다소 시간이 걸렸습니다. 인내심이 바닥난 클럽 회원들은 이제 발을 구르며 나더러 계속하라고 요구했습니다. 이 유치한 소란을 틈타 나는 현명하게 결론을 지을 기회를 포착하고 자리에서 일어났습니다.

"들어라! 들어라!" 클럽 회원들이 말했습니다. "그가 이야기를 재개하려 해."

"여러분," 내가 답했습니다. "이제 여러분의 허락을 받아, 여러분 모두 좋은 밤 되길 기원하며 내 이야기를 마무리하겠습니다." 이 말을 하며 나는 그들에게 친근하게 고개를 끄덕여 화기애애한 분위기를 조성한 다음 곧장 문으로 향했습니다. 이 호기심에 찬 남자들이 마치 내가 무슨 대역죄를 지은 듯이 말이 끝나기 무섭게 울부짖고 신음했다는 것은 믿기 어렵겠지만, 전적으로 사실입니다. 나는 클럽 회원들이 좋아하는 구호로 그들을 달래기 위해 정중하게 "들어라!"를 외쳤습니다. 이에 대해 그들은 모두 "오! 오!"라는 감탄사를 연발했습니다. 개인적으로 나는 어떤 클럽의 회원도 아닙니다. 그런데 이 클럽을 목격하고 나니 더욱더 클럽 회원이 되고 싶은 마음이 없어졌습니다.

위로 올라가 둘러본 침실은 넓고 통풍이 잘되는 곳이었지만, 지나치게 깨끗하지는 않았습니다. 방안에 놓인 침대 두 개도 깨끗하지는 않았습니다. 둘 다 비어 있어서 자유롭게 선택했습니다. 하나는 창문 근처에, 다른 하나는 문에 좀 더 가까이 있었습니다. 문 근처 침대가 근소하지만 좀 더 나아 보여서 그 침대를 선택했습니다.

바로 곯아떨어진 나는 새벽 어스름이 되어서야 잠에서 깼습니다. 완전히 눈을 뜨고 기억을 되살려 내가 어디에 있는지 떠올린 후에 두 가지 사실을 깨달았습니다. 첫째는 전날 밤과 달리 방이 눈에 띄게 차가워졌다는 것이었습니다. 둘째는 창문 근처 다른 침대에 누군가가 누워 자고 있다는 것이었습니다. 내 위치에서 그 사람을 볼 수는 없었지만, 숨소리는 분명하게 들렸습니다. 그 사람은 내가 잠든 후 방으로 들어와서 나를 방해하지 않고 조용히 침대에 몸을 눕힌 것이 분명했습니다. 특별히 주목할 만한 것은 없었고, 여관 주인이 빈 침대를 다른 투숙객에게 빌려주는 것도 특별한 일은 아니었습니다. 돌아누워 다시 잠을 청하려 했지만, 기분이 영 좋지 않았고, 옆 침대에 누워 있는 다른 사람의 숨소리조차 성가시게 느껴졌습니다. 한 시간 반 이상 불안하게 몸을 뒤척이다가 기분 전환을 하려고 일어났습니다. 나는 조용히 양말을 신고 창문으로 걸어가 창밖을 내다보았습니다.

일광으로 하늘이 밝아오고 있었고, 안개가 창문을 지나 한바탕 내뿜는 연기처럼 걷히고 있었습니다. 두 번째 침대에 가까이

다가갔을 때 나는 호기심에 잠시 걸음을 멈추고 남자를 살펴보았습니다. 남자는 얼굴을 창문 쪽으로 돌린 채 곤히 잠들어 있었고, 이불 끝자락을 위로 끌어 올려 얼굴을 반쯤 가렸습니다. 갑자기 남자의 머리카락과 이마의 무언가가 내 눈길을 사로잡았고, 본래 호기심이 왕성한 기질이 아닌데도 나는 이불 가장자리를 향해 손을 뻗었습니다.

나는 조심스럽게 이불을 당겼고, 아침 햇살에 비친 내 동생 알프레드 레이브록을 보았습니다.

내가 어떻게 해야 했는지, 다른 사람이라면 이런 상황에서 어떻게 행동했을지 잘 모르겠습니다. 나는 한 발짝 뒤로 물러나 창턱에 손을 얹어 몸을 지탱하며 그 자리에 서서 그렇게 동생을 바라보았습니다. 3년 전 아내와 어린아이, 연로한 어머니, 지금 내 앞에 잠들어 있는 동생 알프레드에게 작별을 고했습니다. 그 3년 동안 내 생사와 관련한 소식은 그들에게 전해지지 않았습니다. 보험업자들은 내가 탄 배를 찾지 못했고, 탑승자 전원이 사망했다고 이미 오래전에 보고했습니다. 가족과 그들의 오랜 기다림, 그리고 나의 죽음에 비통해했을 가족의 고통을 떠올리니 마음이 무척 무거웠습니다. 두 번이나 알프레드를 깨우려고, 아내와 아이의 안부를 물어보려고 그에게 손을 뻗었습니다. 휴 레이브록이 무덤에서 일어난 듯 어슴푸레한 아침 침대 머리맡에 서 있는 내 모습을 동생이 보면 무슨 일이 일어날지 모른다는 두려움에 그때마다 손을 거둬들였습니다.

　나는 손을 내려놓고 잠시 기다렸습니다. 그 순간 알프레드가 잠에서 깼습니다. 나는 움직이지도, 입을 열지도, 그를 만지지도 않았습니다. 그저 동생을 간절한 눈빛으로 바라보았을 뿐입니다. 정말 그런 일이 가능하다면, 그를 잠에서 깨운 것은 내 간절한 눈길이었다고 말해야 합니다. 알프레드의 눈과 내 눈이 마주쳤을 때 그의 눈에 묻어 있던 잠이 완전히 달아났습니다. 처음에 놀란 표정으로 내 얼굴을 똑바로 바라보던 동생이 팔꿈치로 몸을 일으켜 세우고 입을 열었지만, 단 한 마디도 입 밖으로 나오지 않았습니다. 눈빛은 강렬했고, 얼굴은 소름이 끼치도록 하얗게 변했습니다. "알프레드!" 내가 말했습니다. "나를 알아보겠어?" 동생의 내면에 설명할 수 없는 억눌린 공포가 있는 듯했고, 내 목소리가 그 공포를 불러일으킬까 봐 두려웠습니다. 나는 재빨리 동생의 손을 잡고 다시 말했습니다. "알프레드!" 내가 말했습니다….

　오, 여러분! 나 같은 사람이 우리 형제 사이에 오고 간 말과 생각을 전달할 단어를 어디에서 찾을 수 있을까요? 여기에 전한 것 이상으로 더 자세히 설명해 드리지 못한 점은 너그러이 용서해 주길 바랍니다. 우리는 함께 나란히 앉았습니다. 가여운 동생은 눈물을 왈칵 쏟았고, 그렇게 감정을 분출했습니다. 나는 동생의 손을 꼭 잡고 잠시 기다렸다가 다시 말을 걸었습니다.

이제 와 생각하니 내가 동생보다 더 안 좋은 상황이었던 것 같습니다. 동생처럼 감정을 쏟아내는 능력이 부족했던 나는 눈물도 흘리지 않았고, 내가 겪은 고난 때문에 겉으로 보기에 나는 더 거칠고 단단해졌습니다. 하지만 신은 압니다. 내 마음 깊은 곳에서 회오리치던 고통을.

잠시 망설이던 나는 베개에서 동생의 얼굴을 본 순간부터 묻고 싶었던 질문을 던졌습니다. 내가 죽었다고 생각한 가족들은 나를 포기했어? 맞습니다, 그들은 하나둘 희망을 버렸습니다. 마지막으로 내 아내(그녀를 축복해 주소서!)가 내 죽음을 받아들였다고 했습니다. 다음으로 아내가 살아 있는지 물어보려 했지만, 아무리 노력해도 "마거릿은?"이라는 말밖에 나오지 않았습니다. 그리고 동생의 얼굴을 뚫어지게 보았습니다. 동생은 내 무언의 질문을 알아들었습니다. 살아 있어(그가 말했습니다). 그녀는 살아 있고 집에서 상장(喪章)을 달고 지내! 가여운 영혼! 우리 아이에 대한 질문으로 넘어갔습니다. 아이는 건강하게 태어났어? 건강해. 아들이야, 딸이야? 딸이야. 아직 살아 있어? 많이 컸어? 아이는 살아 있고 많이 컸어. 무슨 질문이 필요해! 3년 동안 잘 자랐어! 어머니는? 어머니는 기력이 약간 떨어졌고, 예전보다 말수가 줄었다고 했습니다. 가끔 파도가 높고 창문이 돌풍에 덜컹거리는 밤이면 (내 아내처럼) 무척 초조해한다고 했습니다. 동생과 나는 잠시 다시 말을 중단했습니다. 나는 질문을, 동생은 대답을 멈추었습니다. 그 잠깐의 침묵이 흐르는 사이 나는 아내와 가족들이 살아 있을 때 나를 다시 그들 품에 인도한 하나님께 마음과 영혼을 다해 감사했습니다.

동생은 얼굴에 흐르는 눈물을 닦으며 잠시 나를 바라보았습니다. 그러고는 뭔가 생각난 듯 갑자기 몸을 돌려 침대 베개 밑으로 손을 밀어 넣었습니다. 베개 밑에서 나온 것은 다름 아닌 그의 검은색 목수건이었습니다. 그가 알 수 없는 이상한 표정을 지으며, 그러는 동안 내내 나를 바라보며, 천천히 목수건을 펼쳐 보였습니다.

"뭐 하는 거야?" 내가 물었습니다. "왜 그렇게 쳐다봐?"

동생은 대답 대신 목수건에서 구겨진 종이 한 장을 꺼내 조심스럽게 펼쳤고, 내가 내용을 볼 수 있도록 불빛에 비추었습니다. 오, 세상에! 그건 내가 쓴 글이었습니다. 종잇조각은 내가 오래전 깊은 바다의 자비에 맡겨둔 것이었습니다. 망망대해에서 영원히 사라진 줄 알았던 그 편지가 동생의 손에 들려 있었습니다! 그 편지를 다시 바라보는 순간 싸늘한 공포가 밀려왔습니다. 비록 종잇조각에 불과했지만, 내 눈에는 광활한 바다를 헤치고 나에게 고통을 안기기 위해 다시 돌아온 과거 나 자신의 유령처럼 보였습니다.

동생은 엄숙하게 아래쪽을 가리키며 종이에 적힌 글귀에 내 시선을 집중시켰습니다.

"형," 그가 말했습니다. "그 글을 쓸 때 제정신이었어?"

"먼저, 그 편지가 언제 어떻게 네 손에 들어갔는지 말해줘." 내가 말했습니다. "그 사실을 알기 전까지는 도저히 마음을 가라앉힐 수 없을 듯해."

동생은 자신이 그 종이를 어떻게 입수했는지, 현재 우리와 함께 묵고 있는 더없이 충직한 선장이 어떤 경위로 자신을 돕게 되었는지 이야기했습니다. 하지만 동생은 거기에서 말을 멈추었습니다. 나중에야 나는 결혼을 앞둔 동생과 그의 애인 사이에 (돈에 대한 끔찍한 의심으로) 무슨 일이 일어났는지 알게 되었습니다.

한 선원의 증언을 바탕으로 반쯤 의심하며 작성한 편지가 극단적인 방식으로 그에게 전달되었다는 사실을 알고 나는 마음이 편안해졌습니다. 이제 내가 알프레드의 불안한 마음을 달래줄 차례였습니다. 비록 그 글귀를 써 내려갈 때 깊은 번뇌와 괴로움이 극에 달했지만, 정말 올바른 정신 상태였다고 동생에게 말했습니다. 또 글귀가 지워진 부분에 원래 어떤 내용이 있었는지 알려줌으로써 빈 부분을 채울 수 있음을 분명히 했습니다. 또한 철저한 조사가 진행되어 아버지의 평판에 누가 된 비방이 밝혀지고 그 실체가 드러나기 전까지는 동생과 마찬가지로 나 역시 실체적 진실을 알지 못한다고 분명히 설명했습니다. 마지막으로, 집으로 돌아가는 모든 여정에서 내 마음을 장악한 한

가지 희망과 한 가지 결심이 있었습니다. 영국에 무사히 도착해 내가 돌아오기만을 목 빠지게 기다리는 아내와 가족들과 재회하기를 바라는 희망과 영국 땅을 밟으면 아버지의 5백 파운드에 대한 의심을 증명하리라는 결심이었습니다.

"알프레드, 이제 나와 함께 나가자." 앞선 설명을 마무리하며 내가 말했습니다. "평화로운 아침에 그 편지가 어떻게 쓰이고 바다에 맡겨졌는지 너에게 이야기해 주고 싶어."

우리는 누구에게도 방해가 되지 않도록 조용히 계단을 내려가 소란 피우지 않고 밖으로 나갔습니다. 마을을 떠나 절벽을 따라 천천히 걸어가는 동안 해가 막 떠오르기 시작했습니다. 탁 트인 바다가 눈 앞에 펼쳐지자, 나는 전날 밤 부분적으로만 공개했던 내 이야기를 진솔하게 이어갔습니다. 이번에는 이야기가 결론에 도달할 때까지 속속들이 들려주었습니다.

알프레드도 기억하듯이, 나는 9백 톤급 선박인 페루 호의 이등항해사로 승무원에 합류했습니다. 우리 화물은 다양한 물품을 싣고, 케이프 혼[27]을 일주해 남미 서부 해안의 트루히요와 과야킬 항구로 항해했습니다. 과야킬에 도착하면 다시 트루히요로 돌아와 다른 화물을 싣고 돌아올 계획이었습니다. 이것이

---

27 남아메리카 대륙 최남단에 있는 곳으로 칠레의 티에라델푸에고 제도에 위치하며 지명은 네덜란드의 도시인 호른에서 유래하였다.

3년 전 런던에서 선주와 계약을 체결할 때 내가 받은 유일한 지침이었습니다.

항해를 시작한 지 대략 일주일 정도 지났을 무렵, 나는 일등 항해사로부터—그 역시 선장으로부터 전해 들은 것으로 보입니다—출항 항해에 동행한 화물관리인이 트루히요에서 하선할 예정이라는 정보를 얻었습니다. 그를 대신해 우리 회사 소속으로 해외 에이전트로 일한 로런스 클리솔드라는 이름의 다른 화물관리인이 귀항 항해에 합류할 예정이라는 말도 전해 들었습니다. 선원 중 누구도 클리솔드 씨를 보지 못했고, 내가 이미 말한 것보다 그에 대해 더 많이 아는 사람도 없었습니다.

우리는 특히 케이프 혼을 일주하며 멋진 항해를 했습니다. 그 위험한 위도에서 그렇게 좋은 날씨는 본 적이 없었고, 다시는 그런 날씨를 기대할 수도 없었습니다. 우리는 지침대로 화물을 최상의 상태에서 성공적으로 하역하고 트루히요로 돌아와 지시에 따라 한 번 더 화물을 적재했습니다. 하지만 이 항구에서 나는 그 지역에 만연한 열병에 걸려 항구에 머무는 동안 병상에 누워 있어야 했습니다. 집으로 돌아가는 여정 중 바다에서 열흘을 보낸 후에야 임무를 재개했습니다. 그렇게 기력을 되찾고 갑판으로 올라온 첫날 아침, 우리의 새로운 화물관리인 로런스 클리솔드 씨를 처음 보았습니다.

그는 키가 크고 마른 체격으로 눈에 띄는 어떤 질환 때문에 파란색 안경을 쓰고 있어야 하는 사람이었습니다. 나이는 대략 56세 정도로 보였지만, 아마 그보다 더 많았을 수도 있습니다. 대머리에는 흰머리 한 줌도 남아 있지 않았고, 눈과 입 주위의 수많은 주름에 대해서는 주름 하나당 1파운드를 받았다면 그는 부유하게 은퇴할 수 있었을 겁니다. 얼굴의 특정 징후와 아침에 손이 떨리는 것을 보고 (실제로 나중에 그렇게 밝혀졌지만) 나는 그를 애주가라고 결론 내렸습니다. 한마디로 새로운 화물관리인 의 외모는 어떤 신뢰감도 주지 못했습니다. 게다가 내가 갑판으 로 돌아온 첫날, 그가 나와 같은 방식으로 나를 대하고 내 외모 를 좋아하지 않은 데는 나름의 이유가 있음을 알았습니다.

내가 정중하게 인사를 건넸을 때 그가 한 첫 말은 "자네에 대 해 선장에게 물어봤네. 이름이 레이브록이라고 들었어. 혹시 데 본셔 반스터플의 작고한 휴 레이브록과 친척인가?"였습니다.

내가 대답했습니다. "네, 그보다 더 가깝습니다. 작고한 휴 레이브록의 장남입니다."

비록 그의 눈이 파란색 안경에 가려 표정을 읽을 수는 없었 지만, 내가 그렇게 대답했을 때 그의 입가에 살짝 경련이 일었 습니다.

화물관리인은 계속 "자네 아버지는 사업 실패로 생을 마감했 나?"라고 물었습니다.

"누가 아버지의 사업이 실패했다고 하던가요?" 내가 날카롭게 물었습니다.

"아, 내가 들었네." 로런스 클리솔드 씨가 말했고, 그의 어조와 표정에서는 그런 소식을 접하고 그 소문이 사실이기를 바라는 듯한 비뚤어진 만족감이 드러났습니다.

"아버지가 사업에 실패했다고 말한 사람이 누구든 거짓말입니다." 내가 말했습니다. "아버지의 사업이 말년에 기운 건 사실입니다. 부인하지 않겠습니다. 하지만 아버지는 어머니와 자식들에게 남긴 재산에 손을 대지 않고도 돌아가실 때 모든 채권자에게 정당한 대가를 지급했습니다. 다음에 아버지의 사업 실패에 대한 소문을 들으면 이 점을 꼭 언급해 주세요."

클리솔드 씨가 혼자 빙그레 웃었고, 나는 화가 치밀었습니다.

"분명히 말씀드리지요." 내가 그에게 말했습니다. "아버지에 대한 정당한 평가를 요청했을 때 당신이 혼자 웃는 것도 불쾌했고, 방금 아버지의 사업 실패에 대한 소문을 꺼내며 보인 당신의 태도도 불쾌합니다. 마치 그것이 사실이기를 바라는 듯이 보였습니다."

"그랬을지도 모르지." 클리솔드 씨가 침착하게 말했습니다. "이유를 설명해 줄까? 젊은 시절 나는 불행하게도 자네 아버지에게 약간의 빚을 지게 되었네. 자네 아버지는 끈질긴 채권자였고, 기한 내에 빚을 갚지 않으면 나를 감옥에 처넣겠다고 협박했어. 나는 그 일을 결코 잊은 적이 없네. 자네 아버지의 채권자들이 한때 나에게 가혹하게 대했듯 자네 아버지에게 관용의 교훈을 일깨웠더라면 이토록 유감스럽지는 않을 텐데."

"아버지에게는 정당한 권리가 있었습니다." 내가 외쳤습니다. "당신이 돈을 빌리고 갚지 않았다면….."

클리솔드 씨는 언제나처럼 침착하게 대답했습니다. "나는 돈을 갚지 않았다고 말한 적이 없네."

"빚을 갚았다면 당신이 감옥에 갇힐 일도 없었고, 지금 불만을 제기할 근거도 없겠지요. 아버지는 누구에게도 잘못을 저지르지 않았고, 당신에게도 잘못했다고는 생각하지 않습니다. 아버지는 모든 거래에서 공정한 분이었습니다. 그렇지 않다고 주장하는 사람이 누구든….."

"그만하면 됐네." 클리솔드 씨가 선실 계단 쪽으로 물러나며 말했습니다. "아직 열이 다 떨어지지 않은 모양이야. 바닷바람이나 쐬며 열 좀 식히게, 이등항해사. 그리고 사과할 만큼 차분해지면 그때 사과를 받아주겠네."

"아버지의 명예를 지키는 것은 아들의 의무입니다." 내가 대답했습니다. "차분하든 흥분하든, 내 의무를 다한 것을 놓고 당신에게 용서를 구하느니 차라리 배에서 내리겠습니다!"

"배에서 내리게 될 거야." 화물관리인이 조용히 선실로 내려가며 말했습니다. "내가 선장에게 한마디만 하면 다음 항구에서 내릴 거야."

이렇듯 클리솔드 씨와 나는 첫 만남부터 삐걱거렸습니다. 우리의 관계는 끝까지 비슷한 상태를 유지했습니다. 하지만 그는 나를 핍박할 다른 구실을 찾고도 아버지의 일로 나에게 화를 내지는 않았습니다. 그는 그 주제를 완전히 내려놓은 듯했습니다. 그래도 나는 그의 말을 마음에 새기고 집으로 무사히 돌아가면 아버지의 오래된 장부와 편지를 보관하고 있는 반스터플의 변호사를 찾아가 로런스 클리솔드 씨에 대한 정보를 캐내야겠다고 결심했습니다. 아버지는 항상 사업 문제에 신중했고, 어머니는 아버지의 사업과 관련해 시시콜콜하게 캐 물어 아버지를 괴롭히지 않았기 때문에 그의 이름이 우리 가정에서 언급된 적은 없었습니다. 하지만 아버지와 클리솔드 씨가 어떤 식으로든 과거에 재정적인 문제로 얽힌 적이 있었고, 클리솔드 씨가 아버지를 속이려 했지만, 실패했을 가능성은 있었습니다. 나는 그것이 사실이기를 바랐습니다. 솔직히 말하면, 화물관리인의 행동이 내 인내심을 도발해 그가 나를 경멸한 만큼 나도 그를 경멸했습니다.

배가 해안을 따라 빠른 속도로 항해하는 동안 우리는 우리와 함께 한 좋은 날씨도 순조롭게 이어지리라 생각했습니다. 하지만 케이프 혼에 가까워질수록 우리의 행운이 다했음을 알리는 징후가 속속 나타나기 시작했습니다. 기압계는 점점 낮아졌고, 북쪽에서 불어오는 바람은 점점 거세졌습니다. 이 같은 기상 악화는 저녁 무렵에 발생했고, 다음 날 새벽에 우리는 어쩔 수 없이 항해를 중단해야 했습니다. 그날 종일 그칠 줄 모르던 바람은 다음 날 정오가 되어서야 약간 수그러들어 다시 항해를 시작했습니다. 하지만 해가 지며 하늘은 어느 때보다 어두워졌고, 바람이 두세 배 더 맹렬한 기세로 우리를 덮쳤습니다. 페루 호는 튼튼하고 넉넉한 공간을 자랑하는 선박이었지만, 조종하기가 매우 까다롭기로 악명이 높았습니다. 엄청난 양의 물 폭탄을 맞고 가장 좋은 보트를 잃은 우리는 항로를 바꿔 살기 위해 물살을 헤치고 나갔습니다. 그 후 우리는 3일 밤낮을 바람을 맞으며 달렸습니다. 그 기간 강풍은 여러 번 누그러졌지만, 바다가 너무 거칠어서 배를 안전하게 정박할 수 없었습니다. 게다가 강풍이 지속되는 동안에는 승선한 선원 중 누구도 해상을 관측할 기회가 없었습니다. 우리는 바람이 우리를 남쪽으로 강하게 밀어붙여 최대 속력으로 항해하고 있고 곶을 돌아가는 일반적인 항로에서 수백 마일 벗어난 사실만 알았습니다.

셋째 날 밤, 아니 넷째 날 아침 일찍 완전히 뻗은 나는 선장과 일등 항해사에게 배를 맡기고 갑판 아래로 내려갔습니다. 밤은 칠흑같이 어두웠고, 비, 우박, 진눈깨비가 동시에 쏟아졌습니다. 페루 호는 돛대가 떨어져 나가서 거대한 파도에 이리저리 흔들렸습니다. 나는 흠뻑 젖은 오일 스킨을 벗자마자 침대에 쓰러져 깊은 잠에 빠져들었습니다. 기력을 완전히 잃은 사람만이 경험할 수 있는 그런 상태였습니다.

시간이 얼마나 지났는지는 기억나지 않지만, 나는 불현듯 잠에서 깨어났고, 침대에서 선실 바닥으로 격렬하게 튕겨 나갔습니다. 동시에 배의 앞쪽 목재가 부러지는 불길한 소리가 들렸고, 우리의 운명이 임박했음을 직감했습니다.

떨어지며 온몸에 타박상을 입고 뒹굴었지만, 나는 서둘러 갑판으로 향했습니다. 몇 발짝 내딛기도 전에 페루 호가 파도에 휩쓸려 살짝 방향이 틀어지며 앞으로 나아가더니 뱃머리가 두 번째로 심하게 부딪쳤습니다. 앞 돛대의 덮개가 권총 소리를 내며 차례로 갈라지더니 결국 바다로 떨어졌습니다. 나는 칠흑 같은 어둠 속에서도 선원들이 배의 좌현으로 급박하게 움직이는 것을 느꼈습니다. 절박한 순간에 배를 버리고 보트에 몸을 싣고 있었습니다. 나는 포효하는 바다와 울부짖는 바람 소리에 귀가 먹먹하고 갑판의 어둠에 앞이 캄캄한데도 선원들의 움직임을 감지할 수 있었습니다. 배가 암초에 부딪히고도 버틸 수 있으리라 믿지 않았듯이 보트가 거친 바다에서 살아남으리라 생각하지도 않았지만, 나머지 선원들이 기꺼이 위험을 감수했기에 나도 그들과 함께 불확실한 운명에 맞서기로 했습니다.

하지만 그 전에 나는 절체절명의 위급 상황에서 다시 갑판 아래로 내려갔습니다. 죽음 앞에서 아무 쓸모없는 돈이나 옷가지가 아니라 어머니가 작별 선물로 준 작은 필통 하나를 챙기기 위해서였습니다. 그 안쪽 주머니에 마거릿이 보낸 모든 편지와 그녀의 머리카락이 한 움큼 들어 있었습니다. 무언가를 구해야 한다면, 이 소중한 것을 구해야 한다는 결심이 확고했습니다. 죽더라도 이것들과 함께 죽고 싶었습니다.

배가 뒤틀리면서 사물함이 꽉 닫히는 바람에 사물함을 부수고 열어야 했습니다. 이 작업에 생각보다 오래 매달렸던 것 같습니다. 필통을 품에 안고 갑판으로 돌아와 보니 이미 누군가를 부르거나 수색하기에는 너무 늦은 듯했습니다. 두 대의 보트 중 더 큰 보트가 보이지 않았습니다. 의심의 여지 없이 배에 있던 모든 승무원이 그 보트를 타고 사라졌습니다.

미처 대응할 시간도 없이 강력한 파도가 또다시 배를 덮쳤고, 나는 균형을 잃고 바닥에 넘어졌습니다. 이 충격으로 배가 들어 올려지며 배의 앞부분이 암초 너머로 곤두박질쳤고, 선미를 지붕처럼 비스듬히 올려놓았습니다. 그 자세에서 선미는 아래 암초에 단단히 고정되어 있었고, 배의 앞부분은 산산조각 나서 물 밑으로 가라앉았습니다. 날이 밝을 때까지 선미가 그 자리를 지킨다면 실낱같은 희망이 있을지도 모르지만, 파도가 배를 암초에서 밀어낸다면 나는 죽음을 맞을 것입니다. 눈을 크게 뜨고 암초 너머로 육지의 흔적을 찾아보았지만, 해안을 향해 달려오는 흰 파도만이 끊임없이 부서질 뿐 아무것도 보이지 않았습니다. 다시 갑판 아래로 기어 내려간 나는 선실 계단 쉼터로 가서 그곳에서 죽거나 날이 밝기를 기다렸습니다.

아침이 지나면서 날씨가 온화해졌고, 가끔 흔들렸지만, 선미도 제자리를 지켰습니다. 동트기 직전, 바람과 파도가 여전히 사나웠지만, 마침내 내 귀에 거친 파도와 바람 소리가 아닌 다른 소리가 들리기 시작했습니다. 어두운 구석에 웅크리고 있는데 바람이 부는 배의 측면에서 간헐적으로 뭔가가 쿵쾅거리며 육중하게 부딪치는 소리가 들렸습니다. 날이 밝자, 갑판으로 올라가 본능적으로 소리의 원인을 조사하기 위해 바람이 부는 쪽으로 먼저 발걸음을 옮겼습니다.

방벽 너머를 내려다본 나는 바로 쿵쾅거리는 소리의 원인을 알아냈습니다. 그것은 다름 아닌 배가 부딪칠 당시 불운한 동료 승무원들과 승조원들이 탈출하기 위해 바다에 띄운 보트였습니다. 보트는 거꾸로 뒤집힌 채 파도에 떠밀려 배의 측면과 계속 충돌하고 있었습니다. 모든 어머니의 아들이 익사한 사실을 확인하기 위해 굳이 그것을 재차 보고 싶지는 않았습니다.

배의 주 돛대와 뒤쪽 돛대는 온전했습니다. 나는 바람의 방향을 가늠하려고 뒤쪽 돛대의 삭구(索具)를 타고 올라갔고, 그곳에서 따사로운 햇살을 받으며, 배에서 불과 1마일 떨어진, 암초 너머에 가로 놓인 낮고 푸른 작은 바위섬을 발견했습니다! 육지를 보는 순간 희미하게나마 삶에 대한 희망이 차올랐습니다. 나는 더 높은 곳으로 올라가 조류의 흐름을 살피고 암초를 통과할 경로를 확인했습니다. 배는 최악의 파도를 견디며 암초 너머로 밀려났고, 나와 섬 사이의 바다는, 비록 거칠고 불안정했지만, 나처럼 절망적인 사람이 용기를 짜내 배에 마지막으로 남아 있는 가장 작은 보트를 띄울 수만 있다면 해볼 만하다는 생각이 들었습니다. 이 대담한 계획을 시도해 볼 가장 가능성이 커 보이는 경로를 주의 깊게 관찰한 후 갑판으로 내려가 보트를 살펴보았습니다.

갑판에 발을 막 내디뎠을 때 선실 아래쪽에서 둔탁한 노크 소리와 쿵쾅거리는 소리가 들렸습니다. 예상치 못한 소리에 순간적으로 몸이 얼어붙었습니다. 그때까지 나 말고 다른 사람이 배에 타고 있을 가능성은 전혀 생각하지 않았습니다. 하지만 노크 소리에 혼자가 아닐지도 모른다는 어렴풋한 희망이 내 안에 스며들자 처음 일었던 충격이 가셨고, 나는 즉시 갑판 아래로 내려갔습니다.

그 소리는 주 선실에서 가장 멀리 떨어진 침대칸에서 들려왔습니다. 하지만 배가 사정없이 흔들리는 통에 문이 꽉 닫혀 버렸습니다. 내가 "거기 누굽니까?"라고 외쳤더니 문 위쪽의 통풍 격자를 통해 희미하게 흐릿한 응답이 들렸습니다. 뒤집힌 객실 가구 위에 서서 격자 사이를 들여다보니 특유의 파란색 안경을 쓴 로런스 클리솔드 씨가 나를 바라보고 있었습니다.

하지만 배 안에는 클리솔드 씨 말고 살아 있는 사람은 아무도 없었습니다! 그 배에 함께 탄 사람 중에서 가장 사이가 좋지 않았던 우리 둘만 살아남았습니다.

그가 안에서 밖으로 나오는 것보다 내가 문을 부수고 들어가는 편이 빨랐고, 그는 5분도 채 안 돼 자유의 몸이 되었습니다. 나는 이미 격자를 통해 알코올 냄새를 맡았고, 그와 마주했을 때 그게 무슨 냄새인지 알았습니다. 침대 옆에는 열린 술 상자가 있었고 (병 두 개는 바닥에 깨진 채 널브러져 있었습니다) 클리솔드 씨는 술에 취한 상태였습니다.

"배에 무슨 일이라도 있나?" 그가 사나운 표정을 지으며 걸걸한 목소리로 물었습니다.

"직접 보면 알 겁니다." 나는 대답이 끝나기 무섭게 얼른 그를 붙잡고 선실 계단으로 끌어올렸습니다. 그가 갑판을 바라보는 순간 직면하게 될 충격적인 광경이 그의 취기를 말끔히 물러나게 하리라 예상했습니다. 내 예상은 적중했습니다. 그는 그 자리에 털썩 주저앉은 채로 할 말을 잃었고, 돌로 변한 듯 꼼짝하지 않았습니다.

나는 신선한 공기가 그의 정신을 번쩍 들게 하리라 믿고 그를 선실 난간에 단단히 묶었습니다. 강풍이 불어닥친 후로 그를 본 사람은 아무도 없었습니다. 그가 며칠 연속 수면실에서 술을 마셨으리라는 생각이 들었습니다. 배가 충돌했을 때 그가 가까스로 탈출을 시도하거나 도움을 요청했어도 그 끔찍한 순간의 아수라장에서 그의 목소리는 묻혀버렸을 겁니다. 날씨가 잔잔하지 않았다면 아침에 그가 버둥거리는 소리도 내 귀에 들리지 않았겠지요. 그는 분명 적이었지만, 그의 체력은 그때 상황에서 나에게 매우 유용한 힘이 될 수 있었습니다. 그의 힘을 빌려 이제 보트를 물에 띄울 가능성이 더 커졌습니다. 나는 30분 만에 준비를 마쳤고, 클리솔드 씨는 자신의 목숨이 내 지시에 따라 움직이는 데 달렸다고 인식할 만큼 냉정을 되찾았습니다.

하늘은 여전히 잔뜩 찌푸려 있었고—어디에도 파란 하늘은 보이지 않았습니다—구름은 다시 바람이 부는 방향으로 모여들었습니다. 화물관리인은 내가 그쪽을 가리키자 무슨 뜻인지 알아듣고 즉시 내 명령에 따라 부지런히 움직였습니다. 그 전에 나는 배에서 쉽게 구할 수 있는 고기, 비스킷, 물 등을 보트에 실었고, 불을 지피기 위해 주머니에 나침반, 손전등, 양초 몇 개, 성냥 몇 상자도 넣었습니다. 마지막 순간에 총과 탄약을 떠올렸습니다. 소중한 시간을 낭비할 수 없다는 생각에 급한 대로 선장실에 있던 구식 플린트 소총과 탄약을 챙겼습니다. 약상자 위의 권총도 유용하게 쓰일지 모른다는 생각에 함께 가져갔습니다. 모든 준비가 끝나고 우리는 보트를 기울어진 갑판 아래로 힘껏 밀어 침몰한 배의 앞부분 물 위로 띄웠습니다. 내가 노를 잡았고, 클리솔드 씨에게는 선미에 앉으라고 지시한 후 섬을 향해 출발했습니다.

배에서 2백 야드도 못 가 아찔한 순간이 몇 번 있었습니다. 다행히 화물관리인은 보트를 다뤄본 경험이 있었고, 혼란스러운 와중에도 침착하게 대처했습니다. 우리는 뒤쪽 돛대의 삭구에서 관찰한 잔잔한 항로를 따라 나아갔고, 비교적 수월하게 해안에 도달했습니다.

작은 모래 개울에 도착한 우리는 곧바로 보트에서 내렸습니다. 배에서 떠나는 순간부터 화물관리인과 나는 단 한 마디도 주고받지 않았습니다. 이제 나는 그에게 보트에서 물품을 내리고 우리가 섬의 해안에서 찾을 수 있는 가장 안전한 장소로 그 물품을 옮기는 것을 도와달라고 했습니다. 그가 삐딱한 표정으로 바라보다가 마지못해 내 요청에 응했습니다. 섬의 낮은 경사면을 따라 올라가자 바람을 피할 수 있는 움푹 꺼진 좁은 공간이 눈에 들어왔습니다. 나는 그곳에 물품을 정리하라고 그를 남겨두고 주변을 좀 더 둘러볼 요량으로 멀리 걸어갔습니다.

내 성급한 판단에 따르면 그 섬은 폭이 채 1마일도 되지 않았고, 둘레는 3마일을 넘을까 말까 했습니다. 섬을 뒤덮은 빽빽한 수풀에서 먹을 수 있는 거라고는 기껏해야 야생 뿌리와 채소 몇 가지가 전부였습니다. 하다못해 나무 한 그루, 살아 있는 생명체, 담수의 흔적조차 찾을 수 없었습니다. 가장 높은 곳으로 올라가 행여 사람이 사는 섬이 있지 않을까 하고 주변을 애타게 살펴보았지만, 잔뜩 찌푸린 날씨 탓에 제대로 보이지도 않았습니다. 그곳의 황량한 자연, 항로에서 한참 벗어난 외딴 위치, 턱없이 부족한 식량을 생각하니 익사의 위협과 굶주림의 위협을 맞바꾼 것은 아닐까 하는 우려가 커졌습니다. 이 의심은 나를 무겁게 짓눌렀고, 물과 식량을 찾아 다시 보트를 타고 배로 돌아가기로 했습니다. 절박한 심정으로 말하는데, 바람을 타고 오는 구름이 시시각각 더 검고 높게 치솟은 데다 바람은 이미 거세지고 있었고 폭풍이 어느 때보다 거칠고 사납게 몰려올 조짐이 보였기 때문입니다.

해변으로 돌아가는 길에 클리솔드 씨를 지나치려는데, 그가 깔끔하게 정리한 물품을 보트 바닥에 깔아놓은 방수포로 덮어놓은 것이 보였습니다. 그때 파일럿 코트 주머니에서 양주 한 병을 꺼내는 그를 포착했습니다. 내가 그의 침실 문을 열어주었을 때 술병을 숨겨둔 모양입니다. "자네는 익사할 테고, 나는 여기에서 자네보다 두 배 더 오래 살아 있을 거야." 내가 배로 돌아갈 계획을 밝히자, 그가 한 마디 툭 던졌습니다. "예! 그다음에는 당신이 죽을 차례지요. 물품을 다 소진하고 나면." 내가 보트로 향하며 말했습니다. 돌이켜 생각하면 정말 실망스러운 일이지만, 함께 조난된 첫날에도 우리는 서로에게 모질게 대했습니다.

혹시 모를 사고에 대비해 바지를 제외한 모든 옷을 벗어 던지고 섬 밖으로 나왔습니다. 하지만 다시 한번 거센 물결을 탔을 때 어깨 너머로 바람이 불어오는 쪽을 바라보고는 너무 늦었다는 사실을 알았습니다. 폭풍이 빠르게 다가왔습니다! 배는 이미 주변을 에워싼 무시무시한 안개 속으로 사라져 버렸습니다. 재빨리 보트의 머리를 돌려 수로가 시작되는 암초의 틈 사이로 들어갔을 때 폭풍이 죽음과 파멸의 기운을 한껏 내뿜으며 내게로 달려들었습니다. 순식간에 보트에 물이 찼고, 나는 심해로 곤두박질쳤습니다. 양쪽 바위에 격렬하게 부딪힌 바닷물은 거대한 파도가 되어 암초 사이 깊은 수로로 돌진했고, 거침없이 나를 끌어당겼습니다. 수면 아래 역류가 30분만 더 지속되었어도 나는 아마 급류에 휩쓸려 영원히 길을 잃었을 겁니다. 하지만 첫 번째 파도가 지나간 직후 두 번째 파도가 나를 해안으로 힘차게 밀어 올렸습니다. 나는 마지막 남은 힘으로 내 팔과 다리를 축축한 모래에 단단히 박아 놓았습니다. 순간적으로 밀려오는 파도에 이끌려 뒤로 밀려나긴 했지만, 깊은 수심은 피할 수 있었습니다. 세 번째 파도가 도착할 때쯤 내 몸은 이미 파도가 미치지 않는 곳으로 밀려났고, 나는 마른 모래 위에서 잠시 의식을 잃었습니다.

옷가지와 물품을 두고 온 해안 가까이 움푹 꺼진 곳으로 돌아왔을 때 나는 방수포로 덮인 가장 건조한 곳에 편안하게 몸을 웅크리고 있는 클리솔드 씨를 발견했습니다. "오! 살아 돌아왔군?" 그가 경악을 금치 못하고 소리쳤습니다. "그렇습니다. 당신 혼자 물품을 독차지하긴 글렀습니다." 내가 대답했습니다. 그러자 그가 자리에서 일어나 진지한 눈빛으로 나를 바라보며 물었습니다. "그러면 내 몫으로 얼마를 받을 수 있지?" "이 중에서 공정하게 딱 절반을 받게 될 겁니다." 내가 대답했습니다. "그러면 얼마나 오래 버티겠나?" 그가 다시 걱정스럽게 물었습니다. "이 비참한 곳에서 구할 수 있는 모든 걸 활용해 물품을 최대한 절약한다면 3주 정도? 그리고 물은 (당신까지 마시면) 2주 정도면 바닥나겠지요." 내가 말했습니다. 이 말을 듣자마자 그가 다시 주머니에서 병을 꺼내 입으로 가져갔습니다. "난 지금 뼛속까지 시립니다." 내가 한 모금 건네길 바라며 이맛살을 찌푸리고 말했습니다. "난 뼛속까지 따뜻해." 그가 껄껄 웃으며 빈 병을 건넸습니다. 나는 그의 머리를 힘껏 내리치고 싶은 유혹이 너무 커질까 봐 즉시 병을 버렸습니다. 대신 페퍼민트나 다른 진정제를 찾기를 바라며 약상자를 뒤졌습니다. 방수포로 단단히 밀봉한 약병은 세 개만 남아 있었습니다. 그중 하나에는 탄산 암모니아 수용액 같은 냄새가 나는 강렬한 흰색 진액이 들어 있었습니다. 알 수 없는 라벨이 붙은 나머지 두 병에는 가루 물질이 들어 있었습니다. 부서진 칸막이 아래를 보니 고리버들로 둘러싸인 작은 플라스크[28]가 보였습니다. 고리버들 세공 위

---

28 금속·유리제의 납작한 병.

에는 잉크로 진저 브랜디[29]라고 새겨졌고, 병 안은 가득 차 있었습니다! 그 행운의 발견으로 나는 의심할 여지 없이 몸을 떨지 않을 수 있었습니다. 병에 들어 있는 내용물을 한 모금 들이켜고 나니 그제야 살 듯한 기분이 들었습니다. 나는 그 병을 가슴 안 쪽 주머니에 넣었습니다. 클리솔드 씨가 탐욕스러운 눈빛으로 물끄러미 나를 지켜보았습니다.

이 모든 와중에도 비는 끊임없이 쏟아졌고, 바람은 맹렬하게 울부짖었으며, 파도는 마치 노아의 홍수가 다시 돌아온 듯 우리를 덮쳤습니다. 화물관리인이 가장 물기 없는 자리를 차지했기 때문에 나는 좋든 싫든 그의 옆에 바짝 붙어 있었고, 그가 싫어하거나 말거나 그에게서 내 몫의 방수포를 떼어내려고 애썼습니다. 두말할 나위 없이 그는 달가워하지 않았습니다. 사소한 일에도 쉽게 성질을 내는 반쯤 취한 상태(술병을 비운 후)였으니 너무도 당연했습니다. 그의 못된 성질은 몇 번의 사소한 역정과 짜증을 통해 분명해졌지만, 그가 갑자기 처음 본 날 우리 사이에 긴장을 유발했던 아버지에 대한 논쟁을 다시 언급하며 나를 자극하기 전까지는 무시했습니다. 그가 좀 더 어렸다면 그의 머리를 한 대 쳐서 날려버렸을지도 모른다는 생각마저 들었습니다. 하지만 나이도 나이지만 조난된 사람들 사이의 다툼이

---

29 생강이 든 강장제.

볼썽사나웠기에 계속 도발하면 폭력을 행사할 수도 있다고 경고하고 넘어갔습니다. 놀랍게도 그 정도로 충분했고, 지금은 다행이라고 생각합니다.

우리는 서로 꼭 붙어 있었기 때문에 그가 잠을 자려고 (으르렁거리며) 몸을 웅크렸을 때, (끙끙거리며) 잠이 들었을 때, 그의 으르렁거리는 소리와 끙끙거리는 소리가 내 귀에 요란하게 울려 퍼졌습니다. 대부분의 주정뱅이처럼 그의 잠은 불안했습니다. 이를 갈며 잠꼬대하기 일쑤였습니다. 그가 잠결에 중얼거린 말 중에는 아버지의 이름도 있었습니다. 짜증이 났지만, 이전에도 아버지에 관한 이야기를 꺼낸 적이 있어서 그것 자체는 놀랍지 않았습니다. 하지만 아버지의 이름과 함께 '5백 파운드'라는 단어를 반복적으로 중얼거렸고, 때로는 그 단어 앞에, 때로는 그 단어 뒤에, 또 때로는 그 단어와 얽혀 중얼거릴 때는 호기심이 발동했고, 더 자세히 들어보려고 귀를 기울였습니다. 안타깝게도 (그리고 그럴 만도 했지만) 더는 알아들을 수 있는 단어가 튀어나오지 않았습니다. 그가 계속 중얼거렸지만, 더는 알아들을 수 있는 말이 없었습니다.

그가 잠에서 깨었을 때 그에게 잠꼬대했다고 대놓고 말했고, 그 말을 듣자마자 그는 몹시 당황한 표정을 지었습니다. "무슨 얘기를 했나?" 그가 물었습니다. 내가 대답했습니다. "우리 아버지와 5백 파운드에 관해서였습니다. 그 둘이 어떻게 연결되는 겁니까? 정말 궁금하군요.""내가 그랬을 리 없어." 그가 서둘러 대꾸했습니다. "내가 뭘 알겠나? 자네 아버지 같은 사람이 평생 그렇게 많은 돈을 만져본 적이나 있는지 모르겠군.""그래요?" 무심결에 약이 올라서 내가 말했습니다. "분명히 말하는데, 우리 아버지는 나보다 젊은 나이에 이미 그 정도 금액을 가지고 있었고, 그 돈을 저축해 두었다가 어머니를 위해 유산으로 남겼습니다. 어떻게 당신 같은 낯선 사람이 잠결에 그 말을 입밖에 냈는지 다시 묻고 싶습니다." 이 말을 듣고 그가 갑자기 방향을 바꿨습니다. "자네 아버지가 빚을 갚고 남은 게 그게 전부인가?" 그가 말했습니다. "정말 알고 싶어요?" 내가 말했습니다. 그가 내 말에는 아랑곳하지 않고 질문을 계속했습니다. "정확히 5백 파운드야, 그 이상도 이하도 아니었나?" 그가 재차 물었습니다. "그렇다고 가정하지요. 그러면, 뭐가 달라지나요?" 내가 말했습니다. "오, 아무것도." 그가 갑자기 내게서 등을 돌리고 혼자 낄낄대며 웃었습니다. "당신은 취했어요!" 내가 말했습니다. "맞아, 난 취했어." 그가 인정하며 다시 껄껄 웃었습니다. 아무리 노력하고, 아무리 협박해도 그에게서 5백 파운드와 관련한 말은 단 한 마디도 얻어낼 수 없었습니다. 하지만 나는 한 번 냄새를 맡으면 그것을 염두에 두고 기회가 있을 때마다 느리지만 끈질기게 반복해서 되짚어보는 습관이 있습니다.

몇 시간이 지나도록 폭풍이 계속 맹위를 떨쳤습니다. 우리는 남은 음식의 절반만 먹으며 겨우겨우 버텼습니다(둘 중 더 배가 고픈 쪽은 언제나 나였습니다). 우리는 잠자고, 투덜대고, 다투며 힘겨운 시간을 견뎠습니다. 해 질 녘이 다가오자 바람이 잦아들기 시작했고, 내가 주변을 둘러보러 밖으로 나왔을 때 서쪽 하늘에 희미한 빛이 보였습니다. 기나긴 밤에는 어두운 하늘의 틈새로 간간이 별이 모습을 드러내기도 했습니다. 새벽녘에 잠이 들었을 무렵 바람은 애절한 속삭임으로 가라앉았고, 바다는 조금씩 잔잔해졌지만, 그 소리는 여전히 시끄러웠습니다. 정황상 그 무렵에는 폭풍이 거의 소멸해서 세력을 많이 잃은 듯했습니다.

나는 (그가 가까이 있었기 때문에) 잠을 잘 때마다 항상 진저 브랜디 병을 넣어둔 가슴 주머니 옆면이 나를 향하도록 자세를 잡았습니다. 아침 햇살을 받으며 눈을 떴을 때 나를 벌떡 일으켜 세운 것은 내가 잠든 사이 병을 훔치려고 나를 더듬던 화물 관리인의 손이었습니다. 나는 그를 물품 한가운데 넘어뜨렸고, 다시 손을 내밀어 그를 일으켜 세우는 친절을 베풀었습니다.

"이봐요. 우리 둘이 붙어 있으면 계속 티격태격할 겁니다. 당신이 나이가 더 많으니 그나마 몸을 누일 공간이 있는 이곳에 머무르세요. 식량은 공평하게 나누고, 나는 섬 반대편으로 가서 혼자 지내겠습니다. 동의합니까?"

"물론, 빠르면 빠를수록 좋지." 그가 대답했습니다.

나는 잠시 그를 떠나 난파의 원인이 된 암초를 바라보기 위해 걸어갔습니다. 해변 곳곳에 흩어져 있거나 저 멀리 보이는 흰 거품이 이는 거센 파도에 위아래로 흔들리는 파편들만이 페루 호의 유일한 잔해였습니다. 광활한 바다와 하늘만 마주한 채 배가 충돌한 지점을 바라보고 있자니 가슴이 먹먹했습니다.

하지만 거기에 서서 멍하니 바라본들 무슨 소용이 있겠습니까? 차라리 뭐라도 하며 마음을 다독이는 편이 더 나을 듯했습니다. 나는 클리솔드 씨에게로 돌아와서 주머니에 있는 성냥까지 탈탈 털어 모든 물품을 즉시 똑같이 둘로 나누었습니다. 그에게 먼저 선택권을 주었습니다. 약상자와 권총은 내가 가지고 그에게는 방수포를 통째로 주었습니다. 바닷새가 사정거리 안에 들어올 경우를 대비해 권총에 탄약을 장전했습니다. 배분이 끝나고 내 몫을 챙기니, 이미 헤어지기로 합의한 이상 더는 악의를 품는 것이 옳지 않다는 생각이 들었습니다. 무인도에 고립된 채 죽음의 공포가 몇 주 앞으로 다가온 상황에서 어떻게든 즐겁게 보내지 못할 이유는 없었습니다. 항해에 관한 한 타고난 느린 성격 탓에 이런 깨달음에 도달하는 데는 시간이 좀 걸렸습니다. 하지만 일단 깨달은 후에는 진심으로 받아들이고 바로 행동에 옮겼습니다.

"헤어지기 전에 악수라도 하지요." 나는 작별의 표시로 손을 내밀었습니다.

"됐네!" 그가 말했습니다. "난 자네가 싫어."

"그러든지." 내가 말했고, 우리는 헤어졌습니다.

합의에 따라 그의 영역이 된 서쪽에서 등을 돌리고 나는 섬에서 절벽이 가장 높은 남동쪽으로 출발했습니다. 그곳에 이른 나는 바위 비탈에서 반쯤 갈라져 반쯤 동굴을 형성한 공간을 발견했고, 어떤 곳보다 적합해 보여서 일부 식량을 이 장소로 옮겼습니다. 나는 최선을 다해 관목으로 지붕을 만들고 입구에 느슨하게 돌을 쌓았습니다. 내 고향 영국이었다면 개도 안 데려다 놓았을 겁니다. 하지만 살날이 정해져 있다고 생각하는 사람이라면 생활 방식은 중요한 문제가 아닐 테고, 내 경우에도 크게 신경 쓰지 않았습니다.

작업을 마쳤을 때 하늘은 맑고 햇빛이 쨍쨍했으며 정오를 훌쩍 넘겼습니다. 나는 다시 높은 지대로 올라가 신선한 공기를 들이마시며 주변을 관찰했습니다. 북쪽, 동쪽, 서쪽으로는 광활한 바다와 하늘만 보였습니다. 하지만 남쪽으로 육지가 눈에 들어왔습니다. 약 7~8마일 떨어진 곳에 우뚝 솟은 섬이 보였습니다. 섬인지 아닌지 모르겠지만, 내 눈에는 섬으로 인식될 만큼 충분히 컸습니다. 선원들에게 알려졌든 알려지지 않았든, 동물이든 사람이든 혹은 둘 다든, 생명체가 살기에 충분한 공간이 있는 것만은 분명했습니다. 내가 배로 돌아가려다가 보트만 잃지 않았어도 쉽게 그 땅으로 갈 수 있었을지 모릅니다. 하지만 난파된 배의 파편 외에는 보트를 만들 목재도, 필요한 도구도 부족한 상황에서 저 멀리 육지가 보인들 현실적으로 무슨 의미가 있었겠습니까. 아예 보이지 않느니만 못했을지도 모릅니다. 그나마 배 한 척이 우리 위치로 접근할지도 모른다는 실낱같은 가능성이 유일한 희망이었습니다. 나는 그 가능성을 극대화하기 위해 해변을 샅샅이 뒤져 가장 긴 난파선 조각을 찾았습니다. 가장 높은 지점에 그것을 꽂고 내 유일한 셔츠를 임시 깃발로 사용했습니다. 이 작업을 하는 동안 해안선 위의 바위 틈새에 적어도 일주일은 버틸 만큼의 빗물이 고인 사실을 알게 되었습니다. 이 중요한 정보를 화물관리인과 공유하고 싶었던 나는 나무 조각을 설치한 후 그의 영역으로 가서 내 모습을 드러내지 않고 조심스럽게 그 소식을 알렸습니다. 하지만 나의 사려 깊은 행동에 그가 보인 유일한 반응은 내 영역을 지키라는 단호한 명령뿐이었습니다. 나는 내 작은 동굴로 기어들어가 고독 속에서 위안을 찾았습니다. 놀랍게도 첫날 밤, 나는 로런스 클리솔드 씨로부터 자유로워졌다는 생각에 행복감을 느낄 뻔한 적이 몇 번 있었습니다.

내가 계산한 바에 따르면—매일 아침 가는 밧줄로 매듭을 묶었습니다—우리는 일주일 동안 서로 만나거나 의사소통하지 않고 각자 섬의 반대편에서 지냈습니다. 그 주 초까지 나는 우리 스스로를 도울 방법을 찾는 데 온 정신을 집중했습니다.

처음에 생각한 것은 해변에 떠밀려온 길이가 가장 긴 난파선 조각을 모아 섬에서 자라는 기다란 풀로 밧줄을 만들어 묶은 다음 임시 뗏목을 이용해 남쪽의 높은 육지로 이동하는 것이었습니다. 하지만 이 계획에 사용할 수 있을 만큼 온전한 조각은 몇 개 되지도 않았습니다. 설령 조각이 더 있었다고 해도 얼마 남지 않은 식량으로는 풀을 모아다가 꼬아 밧줄을 만들어 두 사람이 탈 만큼의 크고 튼튼한 뗏목을 묶을 충분한 시간이나 기력을 기대할 수 없었습니다. 이 방안이 실현 불가능한 것은 너무도 명백했기에 나는 이 계획을 포기했습니다. 다음으로 생각한 것은 난파선에서 떨어져 나온 나무를 이용해 매일 밤 해안에 불을 피우는 것이었습니다. 이렇게 하면 해안을 지나는 선박이 불을 발견하거나 남쪽의 높은 지대에 사는 사람들이 (거리가 너무 멀지 않은 경우) 불을 발견할 겁니다. 이 계획은 일리가 있었고, 나무가 충분히 마르면 바로 실행에 옮길 수 있었습니다. 다행히 일주일이 다 가기 전에 나무가 다 말랐습니다. 그 위도에서 폭풍우가 몰아치는 계절이 끝났는지, 단순히 바람이 서쪽으로 이동했는지는 확실하지 않았지만, 그 시점부터 날씨가 연일 맑고 태양이 뜨겁게 내리쬐었습니다. 섬의 관목도 (그다지 중요한 문제는 아니었지만) 말라버렸습니다. 바위 구멍의 담수까지 말라버린 것은 심각한 문제였습니다. 재앙은 번번이 겹쳐오게 마련입니다. 이 실망스러운 상황을 인지한 날, 나는 식량에 대해 잘

못 계산한 사실을 깨달았습니다. 괴혈병 예방을 위해 채집한 풀과 뿌리를 조금 곁들이더라도 첫 주가 지나면 이제 8일 정도만 버틸 수 있었습니다. 담수의 경우, 비가 더 내리지 않는 한 하루에 반 파인트씩만 마셔도 거의 같은 시기에 고갈될 양이었습니다.

분명 참담한 상황이었지만, 놀랍게도 나를 가장 괴롭힌 것은 그런 비관적인 전망이 아니었습니다. 정작 나를 괴롭힌 것은 할 수 있는 것이 아무것도 없다는 것이었습니다. 일주일이 끝날 무렵에는 밤마다 나무를 그러모아 불을 피우는 것 말고는 다른 할 일이 없었습니다. 집 생각도 너무 오래 붙들고 있으면 결심이 흐려지고 남자답게 끝까지 견디지 못할까 봐 자제했습니다. 마찬가지로 구조에 대한 헛된 희망도 실현 가능성이 작았기에 자제했습니다. 그밖에 내 생각을 사로잡는 것은 무엇이었을까요? 섬 반대편에 있는 그 남자를 저주하는 것 외에는 아무것도 없었습니다!

나는 그가 잠결에 내뱉은 말에 대해 곰곰이 생각했고, 그가 고독 속에서 어떻게 지냈는지, 부족한 물로만 연명하는지, 한정된 식량으로 어떻게 자신을 지탱하는지, 깊이 잠 들었는지, 밤마다 내가 피우는 불의 연기를 보았는지 생각했습니다. 그가 나보다 더 잘 견뎌냈는지 아니면 더 못 견뎌냈는지, 내가 화해하려고 그에게 다가가면 내 존재를 환영할지, 우리 중 누가 먼저 최후를 맞을지, 그게 만약 나라면 그는 내가 그를 위해 해주었을 일, 그러니까 마지막 남은 힘을 짜내 나를 묻어줄지 생각했습니다. 이 모든 생각과 더 많은 생각은 한계점에 도달할 때까지 끊임없이 내 마음속을 오고 갔습니다. 여덟째 날 아침, 나는 우리가 즉시 다툼을 재개하더라도 그를 보고 그의 말을 듣는 것이 위안을 가져다주리라 믿고 그의 영역을 향해 발걸음을 옮겼습니다.

풀이 무성한 지형으로 올라가고 있는데, 놀랍게도 화물관리인이 자신이 어디에 있는지도 모른 채 무성한 초목 사이를 이리저리 헤매며 내 구역으로 오는 모습이 보였습니다. 거의 알아보기도 어려울 만큼 변한 모습에 정신이 아찔할 지경이었습니다. 초췌한 얼굴에 축 늘어진 피부는 마치 80세 노인처럼 보였습니다. 비뚤어진 안경이 코끝에 걸려 있었고, 그 너머로 광기에 서린 충혈된 눈이 드러났습니다. 입술은 새까맣고 다리는 체중에 짓눌려 바들바들 떨리고 있었습니다. 그가 매서운 눈빛으로 내게 다가와 두 손을 내 가슴에 얹었고, 내게서 훔쳐 가려던 진저 브랜디 병이 든 주머니 바로 위를 더듬었습니다.

"아직 좀 남았나?" 그가 속삭였습니다.

"두 모금 정도." 내가 대답했습니다.

"제발, 한 모금만 주게." 그가 간청했습니다.

그에게 한 모금을 내주는 것은 내 인생의 하루를 희생하는 것과 같았습니다. 내가 아끼는 사람이라면 조금도 주저하지 않았겠지만, 클리솔드 씨의 경우에는 망설여졌습니다. 더 훌륭한 기독교도가 되어야 했지만, 그 순간에는 그럴 수가 없었습니다.

내 거절을 예상한 듯 그의 눈빛이 순식간에 날카로워졌습니다. 그가 내 어깨에 손을 얹고 내 귀에 속삭였습니다.

"한 모금만 주면 5백 파운드에 대해 내가 알고 있는 것을 다 얘기해주겠네."

나는 그에게 그것을 주기로 마음먹고 플라스크를 꺼냈습니다. 그의 손을 잡고 손바닥에 소량을 붓고는 잠시 그대로 있었습니다.

"먼저 말하세요." 내가 말했습니다. "그러고 나서 마셔요."

그가 마치 섬에 우리의 말을 들을 사람이라도 있다는 듯이 사방을 불안하게 둘러보았습니다. "쉿!" 그가 다그쳤습니다. "조용히 말하게." 그 후 우리 사이에 주고받은 질문과 대답은 내 쪽에서는 더 크게, 그쪽에서는 어느 때보다 더 부드럽게 이루어졌습니다. 질문은 이렇습니다.

"5백 파운드에 대해 아는 게 뭡니까?"

그리고 대답은 이렇습니다.

"그건 훔친 돈이야!"

나는 총이라도 맞은 듯 내 손을 떨어뜨렸습니다. 그는 즉시 손바닥에 있는 술 한 방울을 움켜쥐고 굶주린 짐승이 뼈를 물어뜯듯 삼켰습니다. 그러고는 고개를 들어 더 많은 양을 갈망하는 눈빛으로 나를 올려다보았습니다. 내 표정에서 (아마도 신만이 아는) 무언가가 갑자기 그를 겁에 질리게 한 모양이었습니다. 내가 한 발짝 떼거나 입도 벙긋하지 않았는데, 그가 무릎을 꿇고 내 발밑의 키 큰 풀밭에서 칭얼대며 훌쩍거렸습니다.

"죽이지 말게!" 그가 애원했습니다. "나는 죽어가고 있네. 그러니 나는 내 불쌍한 영혼에 대해 생각할 걸세. 아직 시간이 있을 때 회개할 거야…."

그렇게 시작한 그는 풀밭에 엎드려 아무렇게나 두서없는 말을 늘어놓았고, "한 방울만 더, 한 방울만 더"라고 애원하며 마치 우리가 영국에 있다고 믿는 듯이 이야기했습니다. 그의 헛소리, 한 모금만 더 달라는 그의 간청, 그리고 그의 '불쌍한 영혼'에 대한 안타까운 호소 속에서 나는 지금은 거의 닳아 없어진 종잇조각에 낙서한 이 말을 겨우 정리해 보았습니다.

내가 가장 먼저 분간할 수 있었던 것은—그가 처음 언급한 것은 아니지만—그가 '노인'이라고 부르는 사람이 아직 살아 있다는 것이었고, 그 사람은 '랜리언'이라는 곳에 살고 있었습니다. 그는 나에게 그곳에 가서 '트레가던'이라는 노인을 찾아보라고 했습니다.

(트레가던이라는 이름을 듣자마자 놀랍게도 동생이 갑자기 끼어들어 그 이름을 다시 말해 달라고 여러 번 요청했습니다.

그때 처음으로 동생이 자신의 연인과 곧 있을 결혼에 대한 고민을 털어놓았습니다. 우리는 그 문제를 논의하기 위해 잠시 멈추었고, 결론을 내린 후 다음과 같이 이야기를 재개했습니다.)

클리솔드의 말을 듣고 나는 랜리언으로 가서 노인들에게 트레가던을 찾아달라고 부탁해야겠다고 생각했습니다. 그리고 트레가던을 찾으면 다음과 같은 메시지를 전달하기로 했습니다. "클리솔드가 바로 그 사람입니다. 클리솔드는 악의를 품지 않았습니다. 그는 자신의 영혼을 위해 진정한 그리스도인처럼 진심으로 회개했습니다." 아니, 잠깐만! 트레가던에게 해야 할 말이 하나 더 있었습니다. "장부들 사이에 있는 잘 알려진 페이지를 조사하세요. 그것이 옳지 않다는 것을 당신은 알게 될 겁니다." 아니! 그게 전부가 아니었습니다. 트레가던에게 전할 말이 또 있었습니다. "올바른 페이지는 불에 탄 것이 아니라 숨겨져 있습니다. 클리솔드는 다른 모든 것을 할 시간은 있었지만, 그 페이지를 태울 시간은 충분하지 않았습니다. 트레가던이 방으로 들어섰을 때 클리솔드가 손에서 그 페이지를 놓치는 바람에 책상의 넓은 틈새로 떨어뜨렸습니다. 그런데 그 후 사무소에서 그에게 해외 출장을 명하는 바람에 더는 기회가 없었습니다." 아니! 이 메시지들은 트레가던에게 전달해서는 안 되는 것이었습니다. 대신 이렇게만 말해야 했습니다. "클리솔드의 책상 안을 들여다보고, 비난해야 한다면 그를 그렇게 만든 형편없는 레이브록을 비난하세요." 그리고 오, 제발, 그에게 한 방울만 더 주세요!

그는 내가 말을 할 수 있을 만큼 목소리가 나올 때까지 계속 반복했습니다.

"일어나 가세요." 그 비참한 남자에게 말했습니다. "섬의 당신 구역으로 돌아가지 않으면 의도치 않게 내가 당신을 해칠 수도 있습니다."

"한 방울만 더 주면, 그렇게…"가 그의 유일한 대답이었습니다.

나는 그에게 플라스크를 던졌고, 그가 필사적으로 울부짖으며 그것을 움켜쥐었습니다. 더는 그 광경을 보고 있을 수가 없어서 나는 뒤돌아 해변의 내 동굴로 내려갔습니다.

나는 모래 위에 혼자 앉아 방금 알게 된 사실을 조용히 곱씹으며 생각을 가다듬으려 노력했습니다. 첫째, 나는 아버지가 정직한 사람으로서 자신의 성격에 반하는 일을 의도적으로 할 수 있다고 믿지 않았습니다. 둘째, 방금 헤어진 형편없는 짐승이 올바른 정신 상태에 있다고 믿어지지도 않았습니다. 바다와 육지에서 주정뱅이들을 만난 내 경험을 바탕으로 그가 어떤 상태에 빠졌는지 이해할 수 있었습니다. 수년간 술주정뱅이로 지낸 사람이 갑자기 술을 끊으면 몸과 마음이 무너진다는 것도 잘 알고 있었습니다. 또한 배의 의사들이 우리 같은 무지한 사람들이

'망상'이라고 부르는 음주로 인한 정신 이상에 대해 언급하는 것을 들었습니다. 나는 이런 상태의 초기 단계에 있는 화물관리인을 목격했고, 우리 둘이 아무런 도움 없이 살아남는다면 곧 다음 단계를 목격하게 될지도 모른다고 생각했습니다. 하지만 이 문제를 더 깊이 파고들어 내가 들은 이야기의 진위를 판단하려 하자, 나의 느린 사고가 다시 한번 내 발목을 잡았습니다. 생각이 빠른 사람이라면 한두 시간 만에 내릴 결정을 나는 종일 고뇌에 고뇌를 거듭했습니다. 결국 나는 두 마디로 요약되는 결론에 도달했습니다. 첫째, 어머니가 준 필통을 손에 쥐고 있으니 내가 들었던 모든 것을 적어두기로 했습니다. 둘째, 살아서 영국으로 돌아간다면 진실을 밝히고, 아버지 모르게 아버지 이름으로 그 노인이나 다른 사람에게 어떤 잘못이 저질러졌다면 아버지를 대신해 상환하기로 했습니다.

그날 온종일 나는 화물관리인의 얼굴을 보지도 그의 목소리를 듣지도 못했습니다. 비망록을 쓰고 나서는 외로움과 나 자신에 대한 생각과 씨름하며 비참한 밤을 보냈습니다. 아버지의 유언장에 담긴 5백 파운드가 한때 위험을 무릅쓴 돈이라는 말이 떠오르자, 부끄럽게도 나는 의심으로 가득 찼습니다. 날이 밝자마자 '망상'에 휩싸일 듯한 기분이 들어서 아침 공기를 들이마시며 이 불안감을 떨쳐버리기 위해 밖으로 나왔습니다.

섬의 북쪽을 따라 한 시간 넘게 앞뒤로 걷다가 동굴로 돌아와 보니 내 발자국이 아닌 다른 사람의 발자국이 모래에 찍혀 있었습니다. 순간 화물관리인이 섬의 자기 영역으로 돌아가지 않고 근처에 숨어 나를 염탐했고, 내가 자리를 비운 사이 그가 다시 도둑질을 시작한 모양이라고 생각했습니다.

맨 처음 눈에 들어온 것은 물품이었습니다. 식량은 손대지 않았지만, 물은 반 파인트도 남지 있지 않았습니다. 약상자는 열려 있었고, 탄산암모늄이 담긴 병 하나가 사라졌습니다. 한 번도 오지 않은 새를 잡을까 하고 장전해 둔 권총도 사라졌습니다. 내 머릿속에는 오직 한 가지 방법밖에 떠오르지 않았습니다. 화물관리인을 찾아 그에게서 권총을 빼앗아야 한다는 생각이었습니다.

나는 서둘러 섬의 서쪽으로 향했습니다. 맑고, 평온하고, 햇볕이 내리쬐는 화창한 아침이었습니다. 내 왼손과 오른손을 주시하며 섬을 가로지르던 나는 숨이 멎을 듯한 광경에 갑자기 걸음을 멈추었습니다. 북서쪽 먼바다에서 무언가가 눈에 들어왔습니다. 다시 바라보니 내 머리 위 하늘처럼, 해안선에 선체는 거의 드러나지 않았지만, 눈 부신 햇빛이 중간 돛을 비추는 진짜 배 한 척이 보였습니다.

골머리를 앓던 볼일에 대한 모든 생각이 순식간에 사라졌습니다. 나는 온 힘을 다해 약한 다리를 이끌고 북쪽 해변으로 달려갔습니다. 무수히 흩어진 부러진 나무를 잔뜩 모은 다음 관목을 이용해 지금껏 피워보지 못한 가장 큰불을 지폈습니다. 섬에 사람이 있다는 사실을 알릴 유일한 신호였습니다. 밝은 대낮이라 불은 보이지 않겠지만, 그들이 돛대 꼭대기에서 주시한다면 맑은 하늘 위로 피어오르는 연기는 볼 수 있을 겁니다.

불을 피우는 데 온 정신을 집중한 나머지 주변을 전혀 의식하지 못하던 그때 갑자기 뒤쪽에서 화물관리인의 목소리가 들렸습니다. 모래사장을 따라 몰래 내 뒤를 밟은 것입니다. 내가 고개를 돌리자, 그가 두 팔을 허공에 휘저으며 혼자 계속 중얼거렸습니다. "배가 보이네! 배가 보여!"

잠시 후 그가 가까이 다가왔습니다. 보아하니 그때까지 탄산 암모니아 수용액[30]을 마시고 있었고, 일시적으로 정신과 육체에 활력이 생긴 듯했습니다. 그는 무언가를 숨긴 듯 오른손을 등 뒤에 감추고 있었습니다. 나는 그 '무언가'가 내가 찾던 바로 그 권총이라고 생각했습니다.

"배가 여기로 올까?" 그가 물었습니다.

"아마도, 연기를 발견한다면." 그를 주시하며 내가 대답했습니다.

그가 잠시 기다렸다가 의심스러운 듯 미간을 잔뜩 찌푸리고는 나를 뚫어지게 바라보았습니다.

---

30 각성제.

"어제 내가 뭐라고 말했지?" 그가 물었습니다.

"바로 여기에 적혀 있습니다." 가슴 주머니에 있는 필기구 통을 두드리며 내가 대답했습니다. "그리고 배가 우리를 발견하고 우리가 영국으로 돌아가면 난 그걸 증명할 생각입니다."

그가 번개처럼 등 뒤에서 오른손으로 권총을 낚아채 내게 쐈지만, 불발이 되었습니다. 그 틈을 이용해 내가 그의 손에서 권총을 빼앗아 개머리판으로 그의 머리를 힘껏 내려치려는 순간 가까스로 마음을 고쳐먹고 들었던 손을 내렸습니다.

"아니." 그에게서 시선을 떼지 않고 내가 단호하게 말했다. "배가 우리를 찾을 때까지 기다리겠습니다."

그가 슬그머니 몸을 피하며 불을 뚫어지게 바라보았습니다. 잠시 생각에 잠겨 있던 그가 마른 검은 입술에 미소를 머금은 채 파란 안경 너머로 번뜩이는 사악한 장난기를 드러내며 나를 다시 돌아보았습니다.

"배는 절대 자네를 찾지 못할 거야." 그가 말했습니다. 그 말을 내뱉고 그는 뒤돌아 섬의 반대편으로 향했습니다.

단순한 위협이었지만, 그는 흉조나 다름없었고, 그의 말은 예언이 되고 말았습니다! 불을 피우려던 모든 노력은 헛수고로 돌아갔고, 불씨가 다 타기도 전에 내 안에서 희망이 꺼져버렸습니다. 배에서 연기가 보였는지 안 보였는지는 확실하게 알 수 없습니다. 내가 아는 것은 화물관리인이 출발한 지 10분도 안 돼 배가 항로를 변경했다는 것입니다. 한 시간도 채 지나지 않아 선명한 중간 돛의 마지막 일견도 시야에서 사라졌습니다.

나는 동굴로 돌아왔고, 동굴은 어느 때보다 내 무덤처럼 보였습니다. 그토록 무더운 날씨에 섬의 수분이 모두 증발해서 물한 잔 담을 양도 남아 있지 않았고, 빈약한 식량으로 버티느라체력은 다 고갈되어 이틀을 버티기도 힘들었습니다. 내 나이 또래 남자가 집에서 기다리는 소중한 그 모든 것을 뒤로한 채 이런 죽음을 맞이하는 것은 잔인한 운명이었습니다. 특히 조금 전화물관리인과의 다툼을 생각하면 임박한 죽음의 위협을 견디는 것은 더 고통스러워졌습니다. 전날 그가 지껄인 헛소리가 거짓보다 진실에 가까운 것은 더 의심할 여지가 없었습니다. 그가흘린 비밀은, 배에 의해 구조될 가능성이 있음을 알면서도 그가내 목숨을 노릴 만큼, 부정할 수 없는 사실이고 엄중했습니다. 그 비밀에 아버지의 선한 이름이 얽혀 있는데, 나는 그 악의적인 그림자를 걷어내기는커녕 그 어두운 그림자를 무덤까지 짊어지고 가게 생겼습니다.

그 순간의 공포와 알프레드에 대한 깊은 그리움은 나에게 위안을 주는 생각을 떠올리게 했습니다. 나는 종이 위에 메시지를 적어 병에 넣고 바다에 던지기로 했습니다. 물에 빠진 사람은 지푸라기라도 잡는다는 말이 있는데, 내가 지푸라기라도 잡는 심정으로 매달린 것은 1만분의 1의 확률로 병에 넣은 메시지가 바다를 떠다니다가 누군가에게 발견되어 알프레드에게 전달될 수도 있다는 희박한 가능성이었습니다. 그 당시 내 마음은 흔들렸을 수도 있고 아닐 수도 있지만, 어쨌든 메시지를 준비하는 행위는 나에게 위안을 주었습니다. 약상자에 남은 두 병 중 한 병을 비우고 조심스럽게 종이를 그 안에 넣고 방수포로 단단히 밀봉한 다음 주머니에 넣었습니다. 때가 되면 바다에 빠뜨릴 준비를 하며 마음의 위안을 얻었던 것 같습니다. 나는 비밀에서 벗어났다고 생각했습니다. 그것이 하나님의 뜻이라면 알프레드에게만은 그 짐을 넘겨주지 않았다고 자부했습니다.

날이 서서히 저물고, 구름 한 점 없이 세상이 온통 황금빛으로 물들어 죽은 듯이 고요한 가운데 해가 지고 있었습니다. 잔잔한 바다 어디에도 잔물결 하나 보이지 않았습니다. 해가 지기 전에 나는 평소보다 더 풍성한 식사로 체력을 보강했습니다. 마실 물도 없는데 음식이 다 무슨 소용이겠습니까? 별이 모습을 드러내고 달이 떠오르자, 나는 평소처럼 해변에서 나무를 모아 신호용 불을 피웠습니다. 별다른 기대는 없었지만, 불길을 바라보고 있으면 마음이 차분해지고 타닥거리는 나무 타는 소리가 고요함 속에서 위안을 주었으니까요. 이유는 설명할 수는 없지만, 그날 밤의 숨 막히는 정적에는 나를 겁에 질리게 할 만큼 무시무시한 무언가가 있었습니다.

달이 하늘 높이 떠올랐고, 달빛이 내 앞에 놓인 모래사장과 그 주변의 튀어나온 바위와 그 너머의 고요한 바다 위로 쏟아졌습니다. 마거릿을 떠올리는 순간—달이 스티프웨이스의 작은 만을 비출지, 그녀도 달을 바라볼지 궁금해하며—한 남자의 그림자가 하얀 모래사장을 가로질러 슬그머니 지나가는 것이 보였습니다. 그가 또 내 근처에 숨어 있었습니다! 몇 초 만에 그가 내 시야에 들어왔습니다. 달빛이 그의 파란 안경에 반사되어 반짝였고, 그의 대머리에서도 희미하게 빛났습니다. 그는 몸을 웅크린 채 바위 근처를 지나며 박혀 있지 않은 돌맹이를 찾았고, 제법 큰 돌 하나를 집어 들고는 발끝으로 걸어 곧장 불 쪽으로 다가왔습니다. 나는 권총을 손에 쥐고 붉은 화염 속에서 모습을 드러냈습니다. 그 모습을 본 그가 돌을 떨어뜨리고는 뒤로 물러섰습니다. 해안선에 가까워지자, 그가 걸음을 멈추고 내게 소리쳤습니다. "배가 오고 있어! 배가 오고 있어! 배는 절대 자넬 찾지 못할 거야!" 배가 나타날지도 모른다는 생각과 구조대가 오기 전에 나를 죽여야 한다는 생각이 그를 완전히 집어삼킨 듯했습니다. 뒤돌아 왔던 길을 다시 가는 동안에도 그는 같은 말을 반복했습니다. 그의 광기 어린 외침은 15분 정도 계속되었고, 마침내 정적이 흘렀을 때 나는 다시 집에 대한 생각으로 돌아갔습니다.

달빛이 희미해질 때까지 그 생각은 떠날 줄을 몰랐습니다. 이제 어둠은 더 깊어졌고, 어느 때보다 고요했습니다. 마지막으로 불을 지핀 지도 30분이 넘었습니다. 동굴 입구에서 막 몸을 일으켜 세우려는데 내 양쪽 바다 위에 떠 있던 희미한 달빛이 갑자기 붉게 변했습니다. 낮게 떠다니는 먹구름처럼 어두운 그림자가 붉게 물든 바다 위를 휩쓸고 지나갔습니다. 공기가 뜨거워지며 내 머리 위와 뒤쪽에서 마치 거센 바람과 우레와 같은 파도가 뒤섞인 듯한 소리가 들렸고, 멀지만 시간이 지날수록 그 소리는 점점 더 가까워지는 듯했습니다. 나는 서둘러 모래사장으로 뛰쳐나가 뒤를 돌아보았습니다. 섬이 불타고 있었습니다!

내 반대쪽 끝에서 시작된 불이, 섬을 가로질러 붙은 거대한 화염이 온화한 서풍을 타고 꾸준히 나를 향해 전진해 왔습니다. 오직 한 손만이 그토록 끔찍한 불을 일으킬 수 있었습니다. 그 손은 나를 떠난 그 미치광이의 손이었고, 그의 뒤틀린 마음속에는 나를 불에 태워버리겠다는 광적인 위협과 살인 의도가 있었습니다. (불이 시작된) 그의 영역에는 마른풀과 관목이 내가 그에게 피난처로 맡기고 떠난 작게 움푹 파인 땅 주위를 온통 뒤덮고 있었습니다. 그에게 천 개의 목숨이 있었다고 해도 이미 다 잃어버렸을 겁니다.

마른 잡목이 우거진 숲만 남은 상태에서 불길은 무시무시한 속도로 번졌습니다. 나는 겨우 평정심을 되찾고 동굴로 다시 들어가 가까스로 마지막 물 한 잔과 마지막 음식을 한입 가득 챙겼습니다. 그러고는 내 손으로 공들여 올린 초가지붕 위에서 작열하며 타는 '타닥타닥'하는 소리를 들었습니다. 나는 해변을 가로질러 전력으로 질주한 끝에 바다로 뻗은 바위틈의 가장 먼 가장자리로 피신했습니다. 나와 섬 꼭대기 사이에는 불이 옮겨붙을 만한 것이 없었습니다. 다행히 불길이 닿지 않을 만큼 충분히 멀리 떨어졌고, 엄습하는 연기 아래로 질식하지 않을 만큼 충분히 몸을 웅크렸습니다. 어차피 굶어 죽을 텐데 왜 질식사를 피하려고 그 고생을 했느냐고 의아해할 수도 있습니다. 나도 같은 의문이 들었으니까요. 하지만 그랬습니다.

불길이 경사면 꼭대기 가장자리까지 옮겨붙더니 어느새 나를 집어삼킬 듯 혀를 날름거렸습니다. 예상했던 것보다 더 뜨거운 열기가 빠르게 다가왔고, 연기는 점점 더 짙어져 더 아래로 내려왔습니다. 기진맥진한 나는 바위에 엎드려 얼굴을 고요하고 차가운 물 위에 대었습니다. 다시 일어설 힘을 모았을 때쯤에 섬의 꼭대기는 루비색으로 변했고, 연기는 가느다란 가닥으로 피어올랐고, 공기는 열기로 진동했습니다. 이 광경을 바라보는 순간 머릿속에서 파도가 넘실거리고 윙윙대는 듯한 느낌이 들었고, 심한 어지럼증과 오싹한 저림이 온몸으로 밀려왔습니다. 나는 주머니에서 편지가 담긴 병을 꺼내 바다에 던졌습니다. 그러고는 힘겹게 바위 위를 기어가다가 모래사장에 닿기도 전에 그 위에 쓰러졌습니다. 마지막으로 기억나는 것은 기도하려다가 말을 잃고, 시력을 잃고, 현재 위치에 대한 감각을 잃고,

모든 것을 잃었다는 것입니다.

다시 날이 밝자, 갑자기 거친 손이 내 몸을 움켜쥐는 느낌에 퍼뜩 눈을 떴습니다. 벌거벗은 미개인들(일부는 바위 위에, 일부는 물속에, 일부는 긴 카누 두 대에 타고 있었습니다)이 소리를 지르며 사방에서 나를 에워싸고 있었습니다. 그들이 재빨리 나를 결박하더니 한 대의 카누에 강제로 태웠습니다. 다른 한 대의 카누가 그 뒤를 바짝 따랐고, 그들은 함께 노를 저어 내가 이전에 관찰한 남쪽의 높은 땅을 향해 돌아갔습니다. 죽음은 다시한번 나를 비껴갔지만, 포로 신세가 그 자리를 차지했습니다.

현재 당면한 문제와는 전혀 상관없는 미개인들과 보낸 시간을 여기에서 몇 마디로 요약하겠습니다. 그들은 섬에 불이 난 것을 보았고, 무슨 일인지 조사하기 위해 노를 저어 건너왔다가 나를 발견했습니다. 그들 중 누구도 백인을 본 적이 없었습니다. 그들은 호기심에 나를 따라다니며 구경했습니다. 하지만 호기심이 충족되자, 그들은 문명인으로서 내 지식과 기술의 유용성을 높이 사 내 목숨을 살려주었습니다. 포로로 잡혀 있는 동안 시간을 계산하기란 여간 힘든 일이 아니었지만, 1~2년 정도 지속되었던 것 같습니다. 두 번이나 카누를 타고 탈출을 시도했지만, 번번이 실패했습니다. 만약 외항선이 담수를 구하러 열대의 무인도에 들르지 않았다면 영국에 있는 누구도 나를 다시는 볼 수 없었을 겁니다. 물을 찾지 못한 그들은 미개인들이 사는 섬으로 건너왔습니다. 그들이 배에 태워주었을 때 나는 미개인들보다 더 나을 게 거의 없을 정도로 몰골은 말이 아니었고, 말도 제대로 구사하지 못했습니다. 그들의 도움과 친절 덕에 고향으로 가는 첫 번째 배와 통신했을 때 나는 비로소 건강을 되찾았습니다. 나는 그 배로 갈아탔고, 그 배에서 팰머스로 가는 경로를 찾았습니다.

제5장

상환

일찍감치 일어나 밖으로 나온 조르간 선장은 랜리언 마을 사람들을 한 명 한 명 붙잡고 친근하게 이것저것 캐묻고 다니다가, 애쓴 것에 비해 알아낸 것 없이, 아침을 먹으러 킹 아서스 암즈 여관으로 돌아가던 중에 젊은 어부가 웬 낯선 자와 함께 다가오는 모습을 보았다. 이 낯선 자를 한 번 쓱 보고는 틀림없이 뱃사람일 거라고 장담한 선장이 동료 선원이라도 되는 듯 그를 환호하며 맞이하려던 참에 둘이 조용히 선장 앞에 멈춰 서자, 그 역시 말없이 의아해하며 발걸음을 멈췄다.

"어, 이게 뭔가?" 선장이 마침내 침묵을 깨고 소리쳤다. "자네들 닮았는데. 둘이 정말 닮았어. 어찌 된 일인가?"

둘은 한마디 답변도 하지 않다가 뱃사람 형이 선장의 오른손을 부여잡고 어부 동생이 선장의 왼손을 부여잡으며 어찌나 흔들어 대는지, 태어나 그 시각까지 그때만큼 선장이 원 없이 악수한 적도 없으리라. 그러더니 흥분한 형제가 한 번에 한 마디, 한 번에 두 마디를 하다가 급기야 한 번에 스무 마디 이상을 내뱉어서 선장의 혼을 쏙 빼놓았다. 그런 후에야 선장은 휴 레이브룩이 무슨 말을 하는지 점점 분명히 알아듣기 시작했고, 또 반쯤 지워진 편지에서 언급한 인물이 바로 트레가던이라는 사실도 확인했다.

"조르간 선장님, 전에." 알프레드가 말했다. "랜리언에서, 기억하세요? 키티와 키티 아버지가 스티프웨이스에 정착하러 온 게 형 휴가 마지막 항해 길에 오른 후라는 걸."

"아, 아!" 선장이 숨을 고르며 소리쳤다. "이제야 자네가 나를 제대로 이끌고 가는군. 그러면 여기 있는 자네 형은 제수씨가 있는지도, 이름조차 몰라?"

"단 한 번 본 적도, 들은 적도 없습니다!"

"아, 아, 아!" 선장이 소리쳤다. "그러면 우리 모두 함께—편지고 발신인이고 모두 포함해서—돌아가서 그동안 트레가던 몰래 간직한 비밀을 그에게 털어놓는 게 어떻겠나?"

"물론입니다." 알프레드가 말했다. "이제 다른 길은 없습니다. 우리가 할 일을 해야만 합니다."

"당연히 그래야지." 선장이 대꾸했다. "내게 팔을 하나씩 내어주게. 이제 이 문제를 깔끔하게 마무리 짓자고."

그래서 칼바람이 이는 와중에 거친 황무지를 오르내리며, 그 사이 아침은 건드리지도 않고 식거나 말거나 내버려둔 채, 선장과 형제는 행동 방침을 정했다.

우선 가장 빠른 교통수단을 이용해 모두 반스터플까지 이동한 다음 그곳에서 변호사가 보관해 둔 형제 아버지의 장부와 문서를 검토한다는 계획이었다. 휴가 편지에서 집으로 돌아갈 수만 있다면 자신이 직접 나서서 한다고 했던 것처럼 말이다. 그런 다음 비밀이 풀리든 풀리지 않든 스티프웨이스로 돌아가서 곧장 트레가던 씨를 만나 자신들이 알고 있는 것을 그에게 전부 전하고 어떤 결론이 나오는지 보고 그 결론대로 하자는 것이었다. 마지막으로 그들은 어떻게 해서든 마을 사람들이 휴의 존재를 눈치채지 못하도록 각별히 주의하며 마을에 진입하기로 계획했다. 그리고 선장에게는 휴의 이승으로의 부활에 대해 휴의 아내와 어머니가 마음의 준비를 할 수 있도록 도우라는 임무가 주어졌다.

"알다시피," 조르간 선장이 마지막 문구를 콕 찍어 가로되 "아무튼, 신중해야 하네. 굉장한 기쁨은 굉장한 슬픔만큼 위험해. 더 위험하다고까지는 할 수 없지만, 우리가 사는 이 둥근 세계에서는 더 드문 (그래서 대비도 덜 하게 되는) 일이야. 게다가 나는 그 여인네들에게서 내 명예를 되찾고 싶고, 희망과 행운을 가득 실어 자네를 고향으로 돌려보내고 싶네. 그러니 성공의 기회를 날려버리지 말자고."

이에 형제는 선장의 세심한 관심과 선견지명을 칭찬하기에 바빴다.

"좀 멈춰보게!" 선장이 갑자기 걸음을 멈추고 형제를 한 명씩 번갈아 보더니 다시금 눈살을 찌푸리며 말했다. "자네는 다소 느리다고 생각하지 않나?"

"장담하건대, 매우 느립니다." 정직한 휴가 말했다.

"거참." 선장이 대답했다. "확신하건대, 내가 아는 한 난 꽤 빠릿빠릿하다네. 음, 느린 사람이 빠른 업무는 잘하지 못할 거야, 안 그런가?"

둘 모두에게 분명한 사실이었다.

"그리고 자네." 동생을 돌아보며 선장이 말했다. "자네는 좀 사랑에 빠진 듯한데, 내 말이 맞지?"

"조르간 선장님, 좀이라니요."

"푹 빠졌건 좀 빠졌건 자네는 사랑 말고는 다른 데 신경 쓸 겨를이 없더군. 그렇지?"

도저히 부인할 수 없었다.

"그리고 다른 데 신경 쓸 겨를이 없는 사람은 빠른 업무에 서툴 거야, 안 그런가?" 선장이 말했다.

이 역시 어딜 보나 분명했다.

"음," 선장이 말했다. "나는 사랑에 빠지지도 않았고, 제법

빠릿빠릿한 판단으로 대양을 여러 번 횡단했네. 자네들 일을 내가 맡아 슬기롭게 지휘해 보고 싶네. 그래도 되겠나? 내게 지휘권을 넘길 텐가?"

형제는 선장에게 기꺼이 그러라고 했고, 진심으로 고마워했다.

"좋아." 선장이 시계를 꺼내며 말했다. "금요일 오전 여덟 시 30분이군. 이 시각을 적어두고, 자네 어머니 우체국에 도착했을 때 우리가 얼마나 오래 나와 있었는지 계산해 보자고. 자! 기록했으니 이제 어서들 가세."

그들이 하도 발걸음을 재촉한 덕에 다음 날 아침 반스터플 변호사 사무실이 문을 열기도 전에 도착한 선장은 휘파람을 불며 문 계단참에 자리를 잡고 앉아 열쇠를 가지고 거리를 내려온 서기가 문을 열어주기만을 기다리고 있었다. 하지만 서기 대신 변호사가 직접 나타났고, 그를 선장이 어찌나 반갑게 맞이했던지 변호사는 어안이 벙벙하지 않을 수 없었다.

변호사가 휴와 알프레드 둘 다 개인적으로 잘 알고 있던 터라 형제는 그가 보관하고 있던 자신들 아버지와 관련한 문서를 별 탈 없이 열람할 수 있었다. 문서는 주로 오래된 편지와 현금 계정 같은 것이었고, 이러한 자료를 통해 선장은 변호사를 능가하는 명민함과 순발력으로 정오까지 다음과 같은 특이 사항을 명확히 짚어냈다.

고인이 반스터플 시에서 잘나가는 젊은 소매상이었을 당시 로런스 클리쏠드는 고인에게 총 5백 파운드를 빌렸다. 그는 그 돈을 빌리며 차용증서에 차용금으로 자신이 자립할 자금을 모으게 되리라 전망한다고 명시했다. 차용증서를 쓸 당시 클리쏠드는 런던시 아메리카 스퀘어에 있는 드링워스 브라더스 사무소의 서기에 지나지 않았다. 약정 기간 동안 돈을 차용했지만, 기간이 만료되었을 때 앞서 언급한 전망은 실패로 돌아갔고, 클리쏠드는 상환할 길이 없었다. 이쯤에서 그는 별 시답잖은 구실을 내세우며 에둘러 시간을 좀 더 달라는 편지를 채권자에게 보냈다. 채권자는 연체를 감당할 여력이 안 된다며 이를 양허하지 않았다. 그래서 클리쏠드는 부채를 갚았고, 송금하며 자신의 파산을 막기 위해 친척이 선금으로 준 것이라고 분노가 가득 담긴 편지를 함께 보냈다. 레이브록은 수령액을 확인한 다음 클리쏠드에게 더는 위험하게 돈을 굴릴 생각이 없으니, 앞으로 돈 빌릴 생각일랑 말라고 경고했다.

변호사 앞에서 선장은 이렇듯 자신이 알아낸 내용에 관해 한 마디도 하지 않았다. 하지만 문서를 보관함에 다시 넣고 선장과 두 동반자가 사무실을 충분히 벗어났을 때 선장의 오른쪽 다리는 또 한 번 내리치는 그의 손바닥을 견뎌야 했고, 마침내 그가 입을 열었다.

"이번 운항은 지금까지 순풍으로 순조롭게 시작되었네. 이 모든 과정이 레이브록 가족의 느린 구성원이 줄곧 품어온 아버지에 대한 충직한 믿음과 딱 들어맞는다는 것을 자네들도 보지 않았나?"

전에 본 적이 있든 없든 이제는 보았다. 선장은 일이 대체 어떻게 돌아가는지 찬찬히 생각할 시간도 주지 않고 그들을 지체 없이 유람 마차에 다시 태워 스티프웨이스로 끌고 갔다. 그들이 마을에 진입했을 때는 여전히 날이 환했지만, 이제 막 오후 해가 기울기 시작했고, 내리막이 아니라 오르막인 데다 돌아온 선원의 얼굴을 단단히 싸맨 덕에 마을 사람들에게 들키지 않고 별 어려움 없이 트레가던의 오두막에 도착할 수 있었다. 키티는 보이지 않았고, 자신의 방 작은 퇴창에 앉아 뭔가 작성하던 트레가던이 그들을 보고 깜짝 놀랐다.

"선생." 선장이 곧바로 그의 손을 잡고 손에 쥔 펜까지 더불어 흔들며 말했다. "다시 보게 되어 반갑습니다. 어떻게 지냈습니까? 조금씩 나를 좋게 보게 될 거라고 전에 말하지 않았습니까? 그리고 이제 그렇게 될 거라 기쁩니다."

여기에서 선장의 시선이 화로에서 먹거리를 준비하는 톰 페티퍼 호를 향했다.

"저 인간은," 선장이 자신의 다리를 세게 치며 말했다. "나기도 사환으로 태어난 데다 여태껏 다른 일을 하며 살아본 적이 없는 듯해. 톰, 하던 일일랑 멈추고 좀 쓸모 있게 굴어. 자, 트레가던 씨, 의자에 좀 앉겠습니다."

그러면서 선장이 그에게 가까이 다가가 이야기를 계속했다.

"여기 이 레이브록 집안의 사랑스러운 구성원은 익히 잘 알겁니다, 선생. 같은 가족의 이 느린 구성원은 몰랐을 겁니다. 거참, 이 둘은 형제입니다. 정말! 형 휴는 다시 소생해서 이 자리에 서 있습니다. 자, 여기를 보세요! 휴가 조난된 사연은 듣고 싶지 않을 수도 있겠지만, 함께 조난된 다른 남자 이야기는 (그럴만한 이유가 있으니) 꼭 듣고 싶을 겁니다. 이름이 로런스 클리쏠드입니다."

이름을 말하자, 트레가던은 흠칫 놀라며 얼굴색이 변하기 시작했다. "왜 그럽니까?" 선장이 말했다.

"그는 30년—정확히 30년하고도 5년—전에 나와 함께 일한 동료 서기입니다."

"정말입니까." 선장이 즉시 단서를 포착하며 말했다. "런던시 아메리카 스퀘어에 위치한 드링워스 브라더스 사무소."

상대가 다시 깜짝 놀라며 고개를 끄덕이고는 말했다. "사무소 주소가 맞습니다."

"자," 선장이 계속했다. "조난된 그 둘 사이에서 5백 파운드라는 거금을 둘러싸고 의문이 피어올랐습니다."

다시금 트레가던은 얼굴색이 변하기 시작했다. 선장이 다시물었다. "왜 그럽니까?"

트레가던이 그저 "계속하세요"라고 말하자, 선장은 클리쏠드가 황량한 섬에서 방랑한 내막을 이미 뱃사람 휴의 이야기를 듣고 머릿속에 압축해 두었던 터라 핵심만 요약했다. 이야기를 듣는 동안 조금씩 마음의 평정을 잃어가던 트레가던이 급기야 소리쳤다.

"클리쏠드는 내 인생을 망쳐놓은 인간입니다! 오랜 세월 의심해 왔는데, 이제는 확실히 압니다."

"그런데, 어떻게," 트레가던 쪽으로 의자를 더 가까이 끌어당긴 선장이 그의 어깨를 토닥거리며 말했다. "어떻게 알 수 있었습니까?"

"우리가 함께 아까 말한 런던 사무소에서 서기로 일할 때," 트레가던이 말했다. "내 임무 중 하나는 그날 사무소에서 받았다가 나중에 은행에 입금할 총액의 명세서를 장부에 매일 기재하는 것이었습니다. 어느 잊지 못할 날—수요일, 내 인생 암흑의 날—에 내가 써넣은 금액 중 하나가 5백 파운드였습니다."

"이제 좀 감이 옵니다." 선장이 말했다. "그래서요?"

"클리쏠드의 임무 중 하나는 은행에 가도록 고용한 서기가 은행에 입금할 총액의 전표를 그 장부에서 복사하는 것이었습니다. 클리쏠드에게 그 돈을 건네주는 것은 내 일이었고, 그 돈을 자신이 쓴 전표와 함께 은행에 갈 서기에게 전달하는 것은 클리쏠드가 할 일이었습니다. 문제의 수요일에 나는 수령한

5백 파운드를 기재했습니다. 그날 장부의 다른 금액을 전달했던 것과 마찬가지로 나는 클리쏠드에게 그 금액을 전달했습니다. 나는 당시에 확실히 전달했다는 것을 장담했습니다. 그 후로도 마찬가지로 확실히 장담합니다. 5백 파운드가 돈가방에서 사라진 것을, 클리쏠드의 전표에서도, 내 장부에서도 감쪽같이 사라진 것을 나중에 사무소가 알게 되었습니다. 심문받은 클리쏠드는 그 문제에 대해 자신은 완전무결하다는 태도로 나오며 '트레가던의 장부'를 검사해 보라는 것과 다름없는 주장을 단호히 펼칩디다. 내 장부를 조사했더니, 5백 파운드를 기재한 부분이 온데간데없이 사라졌지 뭡니까."

"어떻게 거기에 없을 수 있습니까?" 선장이 물었다. "댁이 직접 기재했는데?"

트레가던이 계속했다.

"나는 그때 심문을 받았습니다. 내가 기재하지 않았었나? 난 확실히 했습니다. 사무소에서 내 장부를 꺼내 보였는데, 기재한 내용이 거기에 없었습니다. 나는 내 장부를 부인할 수도 없었습니다. 내 글씨도 부인할 수 없었고. 나는 틀림없이 누군가에 의해 위조되었다는 것을 알았습니다. 하지만 필체는 정말 내 필체와 똑같았고, 사무소에서 고소할 수 있었다면 모를까 나는 누구도 고소할 입장이 아니었습니다. 나는 어쩔 수 없이 그 돈을 갚아야만 했습니다. 나는 그렇게 했고, 만신창이가 된 데다 의

혹의 어두운 그림자가 언제나 내게 드리워진 그곳에 남아 있느니—거기에 그대로 남아 있을 수도 있었지만—그냥 사무소를 관뒀습니다. 나는 고향 랜리언으로 돌아가 그곳에 남아 광산 소속의 서기가 되었습니다. 그런 후에 이곳의 작은 자리에 임명된 겁니다."

"그때 기억이 납니다." 선장이 말했다. "내가 전에 댁이 그럴듯한 겉모습만 보고 사람을 잘못 판단한 경험이 없다면 댁은 참 운 좋은 인생을 살아왔다고 말한 적이 있습니다. 그때 그 말에 댁이 상처받은 것 같았는데, 이제야 왜 그랬는지 알겠습니다. 미안합니다."

"그래서 그런 겁니다." 트레가던이 말했다. "난 양심에 조금도 거리낄 게 없다는 것을 누구보다 잘 알기에 나에 대한 믿음이 바로 내게는 위안이자 시련이었습니다. 클리쏠드를 줄곧 의심했고, 이는 확신에 가깝지만, 여태껏 입증한 바가 없습니다. 내 딸과 나 자신을 위해 나는 이 문제를 내 인생의 유일한 비밀로 여기며 마음속 깊이 품어왔고, 내가 죽으면 비밀도 나와 함께 묻히리라 오랫동안 믿어 왔습니다."

"거참, 이봐요, 선생." 선장이 회유하듯 말했다. "바라건대, 죽는 것이 아닌 사는 것과 관련해 당면한 문제가 많고도 많을 겁니다. 자, 여기 우리의 정직한 두 친구가 있습니다. 사랑에 빠진 레이브룩과 느린 레이브룩입니다. 그들은 단 하나의 지향점에 동의한 채 여기에 서 있습니다. 바로 그 지향점에 따라 나는 세계를 돌며 그들을 지지할 것이며, 바로 이곳에서 북에서 남으로 가로지르고, 그런 다음 다시 동에서 서로 가로질러 당신 고향 콘월의 깊은 광산에서 중국에 이르기까지 세계를 관통할 생각입니다. 그 지향점은 바로 그들이 앞서 자주 언급한 돈을 절대 사용하지 않고 당신에게 상환한다는 것입니다. 사랑에 빠진 레이브록과 느린 레이브록은 정의를 위해, 또 아버지에 대한 좋은 기억을 간직하기 위해 내일 그 돈을 준비할 예정입니다. 부디 그 돈을 받아서 나와 그들의 마음을 홀가분하게 해주고, 이 참에 이 석연찮은 금융거래를 끝장냅시다."

트레가던이 선장의 손을 잡았고, 이내 두 젊은이에게 각각 손을 내밀었지만, 마침내는 결정적으로 아니라는 답변을 내놓았다. 자신의 말을 믿어줘서 그것만으로도 매우 기쁘다고, 마음이 편안해졌다고 했다. 하지만 아무런 증거도 없으니, 돈은 있던 그대로 두어야 한다고 했다. 모두가 이 문제에 매우 진지했고, 올바르고 진실할 때 보이는 남자들의 진지함이 너무도 인상적이어서 페티퍼 씨는 하던 요리를 팽개치고 꽤 감동한 듯 보였다.

"그래서 말입니다." 선장이 말했다. "그래서 우리가 온 겁니다—혹시나 해서 오늘 아침에 저기 저 멀리 변호사 사무실에 갔듯이—사소한 증거라도 찾을까 하고. 안 그런가? 우리가 분명 가지고 있을 텐데, 안 그런가? 그러면 어떻게 알 수 있었을까요? 클리쏠드의 방랑 생활과 댁이 말한 내용을 토대로 내가 그의 지인과 안면을 텄을 때 기름과 재를 뒤집어쓴 그 약삭빠른 난봉꾼이 당신 필체를 깔끔하게 위조했고, 당신 장부에서 찢어 낸 진짜 원본을 자신이 위조한 사본과 바꿔치기했다는 것을 쉽게 알아냈습니다. 그렇다면 그 찢긴 진짜 원본이 그때 거기에서 폐기되었을까요? 아닙니다. 그 원본을 미처 태우기도 전에 댁이 사무실로 들어오는 바람에 책상의 갈라진 틈으로 그 종이를 밀어 넣었다고 그가 술에 취해 말했습니다. 그 후로도 꺼내지 못했다고 합니다. 잠깐. 지금 그 책상이 어디 있습니까? 런던시 아메리카 스퀘어에 있지 않겠습니까?"

트레가던은 고개를 저었다.

"그 자리에서 사업을 하지 않은 지 한참 되었습니다. 사무소를 철거했다가 확장했다가 완전히 개조했다는 소식을 들었고, 기사로도 읽었습니다. 요즘은 세상이 하도 빨리 변하니 말입니다."

"선생도 그렇게 생각하는군요." 선장이 동질감을 느끼며 답변했다. "하지만 그 이야기를 하기 전에 이리 와서 나 좀 봅시다. 거참, 자, 이 책상, 이 종이. 이 종이, 이 책상." 선장이 골똘히 생각하고 왔다 갔다 하며, 딴 데 정신이 팔린 듯 불안하게, 탁자 위에 널린 것 중 유독 페티퍼 씨의 모자를 뚫어져라 바라보며 말했다. "이 책상, 이 종이. 이 종이, 이 책상." 선장이 방안을 이리저리 배회하며 계속했다. "내 주지…."

하지만 그는 아무것도 주지 않고 오히려 사환의 모자를 가져가 집어 들더니 이제 막 교회 안으로 들어선 것처럼 서서 모자 안을 들여다보았다. 그러고는 이리저리 배회하다가 다시 말했다. "이 책상, 런던시 아메리카 스퀘어에 있는 드링워스 브라더스 사무소에 있던 책상인데…."

아직도 묘하게 마음이 동요한, 이제 전보다 더 마음이 동요한 페티퍼 씨가 선장이 방을 가로질러 뒷걸음질 치자 그를 저지하고 그 앞에서 당당히 말했다.

"조르간 선장님, 선장님 주의를 끌어보려 했지만, 영 쉽지 않네요. 선장님이 말하는 중간에 끼어들고 싶지는 않지만, 그렇게 해야만 하겠습니다. 그 사무실에 대해 아는 바가 있습니다."

선장은 꼼짝도 하지 않고 그를 바라보기만 했다. 그의 팔 아래 그(페티퍼 씨)의 모자를.

"아마 알 겁니다." 사환이 말을 이어갔다. "조르간 선장님, 제가 한때 중개업에 종사한 것 기억하죠?"

"알다마다." 선장이 말했다. "자넨 그 일에 실패해서 사업 절반을 날렸잖은가, 톰!"

"선장님, 절반까지는 아닙니다. 하지만 중개업에 실패한 것은 사실입니다. 당시에 형이랑 동업했지요. 드링워스 브라더스 사무소가 아메리카 스퀘어에서 이전할 때 기존에 쓰던 낡은 사무 가구를 매물로 내놓았고, 저와 형이 우리끼리 하는 말로 계약을 성사하자며 그곳에 갔습니다. 그리고 감히 말하건대, 제가 형이나 친척들—친척들은 저한테 뭘 주기는커녕 제 재물을 가져가기에 바빴습니다—을 통틀어 그들에게 얻은 유일한 것이 있다면, 바로 같은 날 중고로 나와 제가 구매한 금이 간 낡은 책상이었습니다. 우리가 동업 관계를 청산할 때 그 책상이 조금이라도 가치가 있었다면 형은 그것조차 저한테 주지 않으려 했을 겁니다."

"그래 그 책상은 지금 어디 있나?" 선장이 말했다.

"조르간 선장님." 사환이 대답했다. "책상이 지금 어디 있는지 확실히 말할 수는 없지만, 제가 마지막으로 보았을 때—우리가 외국으로 출항할 때 마지막으로 보았습니다—런던 서쪽 와핑에 있는 아주 점잖은 부인의 집에 있었습니다. 돈을 조금 빌린 탓에 압류된 제 작은 궤짝과 더불어."

함께 이야기를 듣던 나머지 세 사람이 사환의 말에 완전히 몰입한 반면 선장은 다시 교회 안으로 들어선 것처럼 사환의 모자만 들여다보았다. 그리고 잠시 숨을 돌린 후 몹시 흥분한 듯하면서도 기억에 남을만한 표정을 지어 보였다.

"자, 톰." 선장이 말했다. "우리가 처음 여기 왔을 때 내 자네에게 일사병 운운하며 자네가 허약 체질이라고 말한 것 기억하나?"

"그랬죠, 선장님."

"느린 친구가 내게 팔 좀 내어주게. 그렇지 않으면 난 뒤로 넘어가 이 축복받은 사환의 요리에 풍덩 빠질 것 같으니. 자, 톰." 요청한 대로 도움을 받은 선장이 말을 이어갔다. "사환의 이름을 걸고 맹세하게. 자네는 그 책상을 가져가 좀 더 나은 책상으로 만들거나, 다시 조립해서 새것처럼 만들거나, 아니면 그 비슷한 일을 하려고 분해한 적이 있나?"

"맹세코 그랬죠, 선장님." 사환이 대답했다.

"하늘에서 축복을 내려, 친구들, 모두," 기뻐 어쩔 줄 몰라 하며 선장이 말했다. "눈 부신 햇살에 어떻게든 자신의 머리를 보호하려는 이 톰 페티퍼의 모자 안에 그것을 넣은 하나님 감사합니다. 그는 트레가던의 필체가 고스란히 담긴 종이 원본을 모자 안감으로 대었어. 여길 좀 보게."

그 말과 동시에 선장은 페티퍼 씨가 가장 아끼는 모자를 완전히 박살 내고 그 안에서 많이 닳기는 했지만, 읽을 수 없을 정도는 아닌 장부의 원본을 꺼냈다. 그러고는 양다리를 어찌나 세게 내리치던지 찰싹 소리가 만에서 한참 떨어진 곳까지 들릴 정도였다. 뭐 확인할 길은 없지만.

"다섯 시 15분이군." 선장이 시계를 꺼내 보며 말했다. "그러면 총 서른세 시간하고 15분이 걸렸어. 거참 휙 지나가는군!"

그들 모두 기쁨과 승리감에 얼마나 압도되었는지, 그때 그곳에서 어떻게 그 돈이 트레가던에게 상환되었는지, 그때 그곳에서 어떻게 트레가던이 그 돈 전부를 딸에게 주었는지, 어떻게 선장이 드링워스 브라더스 사무소로 찾아가 까마득한 옛 직원의 명예를 회복시키는 임무를 떠맡았는지, 어떻게 키티가 들어왔고, 얼마나 몸과 마음이 상했으며, 결혼 날짜가 언제로 다시 잡혔는지는 굳이 들려줄 필요가 없다. 또 키티와 젊은 어부가 우체국으로 돌아가 선장이 환영받도록 어떻게 길을 닦았는지, 자신들에게 복을 가져다준 사나이 중 사나이라며 어찌나 선장을 치켜세웠는지, 그러고는 마침내 가정이라는 해안에 다다른 선장이 오롯이 홀로 누빌 수 있도록 둘은 함께 물러났다는 이야기도 말해 무엇 하랴! 각설하고 이제 그저 그가 그 분위기를 얼마나 잘 이용했는지 들려주는 일만 남았다.

자신이 믿은 것에, 또 그 믿음에 온 열정을 쏟아부은 것에 한껏 기분이 좋아진 선장이 레이브록 부인과 젊은 미망인이 앉아 있는 우체국 응접실 빗장을 올리며 말했다.

"들어가도 되겠습니까?"

"물론이죠, 조르간 선장님!" 부인이 답했다. "이 집을 마음껏 드나들어도 좋다마다요. 내가 어리석은 탓에 그동안 선장님이 이 집에서 제대로 대접받지 못했습니다. 용서하세요."

"용서라니요." 선장이 말했다. "거참, 그런 말 말래도."

이때 그가 난로 곁으로 다가가 그들 사이에 앉았다.

"내 평생 살아오며 이제껏 그런 적의는 처음 느껴봤습니다. 거참, 정말입니다! 내 인연을 확 끊을까도 생각했습니다. 저 멀리 우리나라 서부에 있는 그 상인처럼 말입니다. 그는 거래하다가 자기가 밀려놓고서는 이렇게 중얼거립디다. '내 한마디 하지! 결단코 다시는 자네와 말을 섞지 않겠네.' 그리고 정말 입도 뺑긋 않더니 굴이랑 합의 보는 게 낫다고 하며 구구단표까지 굴의 언어로 번역했습니다. 진짜 증명할 수도 있습니다. 행여 미심쩍다 싶으면 길을 가다가 아무 굴에게나 대뜸 맞느냐고 물어보세요. 그런 다음 굴이 반박하려고 얼굴을 내미는지 한 번 보시구려."

선장은 엄마 무릎에 앉아 있던 아이를 데려가 자신의 무릎 끝에 앉혔다.

"조금도 나를 겁내지 않는군, 봐요. 이 아인 내가 아이들을 좋아하는 걸 알고 있습니다. 내게도 아이가 있습니다. 딸자식인데 가끔 노래를 들려줍니다."

"무슨 노래예요?" 마거릿이 물었다.

"긴 노래는 아닙니다.

사일러스 조르간

두드렸지 오르간.

그게 다입니다. 그리고 가끔 딸에게 이야기도 들려줍니다. 실종된 선원이 돌아올 거라는 희망의 끈을 모두가 놓아버렸을 때 그가 불현듯 돌아온다는 이야기지요." 여기에서 선장은 음미하듯 다시 그 노래를 부르기 시작했다.

"사일러스 조르간
두드렸지 오르간."

선장은 무릎 끝에 걸터앉은 아이의 몸을 부드럽게 춤추듯 들썩이게 하고 눈으로는 화로를 지긋이 바라보며 후렴구를 이어갔다.

"그렇습니다." 선장이 여전히 불길을 바라보며 말했다. "난 이야기를 지어내고 그걸 아이에게 들려줍니다. 무인도에 좌초되어 고립된 채 지내다가 오랜 인고의 시간 끝에 문명 세계로 돌아와 환영받는다는 이야기지요. 그런 종류의 이야기입니다. 대개.

사일러스 조르간
두드렸지 오르간."

방에는 화로가 뿜어내는 빛 외에는 아무런 빛도 들지 않았다. 어느덧 밤의 그림자가 마을에 드리워져 하늘에서 별들이 하나둘 빼꼼 모습을 드러내기 시작했기 때문이다. 밤이 물러갔을 때 나뭇잎들 사이에서 마을의 집들이 하나둘 빼꼼 모습을 드러내듯이. 선장은 마거릿의 눈길이 자신에게 머물러 있는 것을 느꼈고, 계속 불길을 들여다보는 것이 가장 신중한 처사라고 그는 생각했다.

"그렇습니다, 난 이야기를 지어냅니다." 선장이 말했다. "신의 섭리에 따라 다 같이 돌아오는 형제 이야기를 지어내지요. 아들들은 어머니 품으로, 남편들은 아내 품으로 돌아오고 아버지는 심연에서 부활합니다. 다 이런 어린아이들을 위해."

자신의 팔을 잡는 마거릿의 손길이 느껴지자, 선장은 주변을 둘러보지 않을 수 없었다. 다음 순간 그녀는 손을 그의 가슴까지 뻗으며 그 앞에 무릎을 꿇고 있는 어머니를 부축하며 자신도 무릎을 꿇었다.

"무슨 일입니까?" 선장이 말했다. "왜 그래요?"

"사일러스 조르간

두드렸지⋯."

그들의 표정과 눈물이 선장에게는 너무도 벅찼기에 그는 그 노래를, 그렇게 짧은데도, 마칠 수 없었다.

"마거릿 부인, 당신은 불운을 잘 견뎌냈습니다. 행운이 온다면 똑같이 잘 견딜 수 있겠습니까?"

"그러길 바랍니다. 그럴 수 있다면 전 감사하며 겸허히 진지하게 받아들일 거예요!"

"거참, 부인." 선장이 말했다. "아마 행운이 찾아왔을 겁니다. 그가—놀라지 마세요—내 그 말을 하려 하니."

"살아서?"

"그렇습니다!"

그들이 하늘에 대고 열렬히 외쳐대는 그 감사의 말이 다시금 너무나 벅찬 감동으로 밀려왔기에 선장은 아예 대놓고 손수건을 꺼내 눈물을 닦았다.

"그는 내 조국보다 멀지 않은 곳에 있습니다." 선장이 말했다. "사실, 그의 조국보다 멀지 않은 곳에 있습니다. 진실을 말하면 콘월주 팰머스보다 멀지 않은 곳에 있습니다. 사실, 그렇게 멀리 떨어져 있는지조차 의심이 듭니다. 정말, 행운을 제대로 견딜 수 있다고 당신이 그리 확신하니, 내 나오라고 휘파람을 불어볼 작정입니다."

마침내 그는 선장의 보호에서 벗어났다. 한바탕 돌진하는 소리가 들리더니 그들 모두 한자리에 다시 모였다.

그야말로 톰 페티퍼 씨가 냉수 잔을 들고 나타나기에 더없이 좋을 때라 바로 잔을 들고 나타난 그는 숙녀들에게 그것을 마시라고 하고 동시에 마치 그들이 영국 해협을 건너는 승객이라도 된 듯 안심시키고 옷매무시를 가다듬어 주었다. 페티퍼 씨가 이처럼 사환 노릇을 잘 해내자, 탄복한 선장이 다리를 찰싹 쳤지만, 이번만큼은 그 소리가 누구도 아닌 자신의 귀에만 겨우 들릴 정도였다. 그도 그럴 것이 평소에 다리를 하도 쳐대는 바람에 보나 마나 심하게 멍이 들어서 엄청나게 욱신거릴 게 뻔했기 때문이다.

4천 마일도 넘게 떨어진, 좀처럼 좁힐 수 없을 만큼 멀리 떨어진 곳에 여러 선약이 잡혀 있었기 때문에 선장은 결혼식까지 기다릴 수 없었다. 그래서 다음 날 아침 온 마을 사람들은 땅이 들썩이도록 그에게 환호를 보냈고, 거기에서 그는 그 마을 인구 통계에 잡힌 모두와 악수했으며, 자신의 고향 미국 매사추세츠 주 세일럼으로 놀러 와서 몇 달간 함께 머물다가 가라고 한 명 도 빠뜨리지 않고 그들 모두를 초대했다. 그리고 그곳에서, 사 랑과 이별의 장면이 담긴 작은 황금빛 그림을 보았던 바로 그곳 에서, 앞으로 그곳에 펼쳐질 황금 같은 계절과 그 계절이 만들 어 낼 또 다른 황금빛 그림을 그려보며 선장이 그날 아침 그 자 리에 서 있는데, 귀여운 키티가 모든 이들이 보는 앞에서 느닷 없이—덕망 높은 선장을 힐난한 것을 창피해하며—그의 목에 팔을 두르고 그의 구릿빛 양 볼에 입맞춤하며 그 귀여운 얼굴 을 풍파를 겪은 그의 가슴에 갖다 댔다. 그리고 그곳에서, 선장 은 머리 위로 모자를 들어 올리고 마지막으로 세 번 더 흔들었 고, 그리고 그곳에서, 그가 주머니에 손을 넣고 톰 페티퍼 호와 함께 멀어져가는 모습이 마지막으로 포착되었다. 그리고 그곳 에서, 그 땅이 세 번의 여름을 더 보낸 낙엽으로 한층 부드러워 지기 전에 볼이 발그레한 귀여운 소년이 처음으로 넘어지지 않 고 아리따운 젊은 어머니 품으로 한 번에 달려왔으니, 그 꼬맹 이 어부의 이름은 조르간 레이브록이었다.